मेरी नजर से दुनिया की सैर

मेरी नजर से दुनिया की सैर

हिमांशु जोशी

प्रकाशक
प्रभात प्रकाशन प्रा. लि.
4/19 आसफ अली रोड, नई दिल्ली-110002
फोन : 011-23289777 • हेल्पलाइन नं. : 7827007777
इ-मेल : prabhatbooks@gmail.com ❖ वेब ठिकाना : www.prabhatbooks.com

संस्करण
2026

पेपरबैक मूल्य
तीन सौ पचास रुपए

मुद्रक
श्री साई प्रिंटर्स, साहिबाबाद

MERI NAZAR SE DUNIYA KI SAIR
by Shri Himanshu Joshi

Published by **PRABHAT PRAKASHAN PVT. LTD.**
4/19 Asaf Ali Road, New Delhi-110002

ISBN 978-93-5562-778-0

₹ 350.00 (PB)

इन यात्राओं में

कहानियों–उपन्यासों की तरह हिमांशु जोशी के यात्रा–वृत्तांतों की अपनी विशेषता है। पढ़ते–पढ़ते पाठक को कहीं लगने लगता है कि इन यात्राओं में लेखक के साथ–साथ वह भी यात्रा कर रहा है। लेखक जिस तरह से इन सबको देख रहा है, जिस तरह की अनुभूति उसे हो रही है, कुछ–कुछ वैसी ही उसे भी होने लगती है। सरलता, सहजता, स्वाभाविकता हिमांशु जोशी की रचनाओं के सहज, स्वाभाविक गुण हैं। संभवतः ये ही गुण किसी रचना को जीवंत बनाने के लिए सफल होते हैं।

इन यात्राओं में अरुणाचल, नगालैंड के दुर्गम सीमा क्षेत्र शामिल हैं तो सुदूर में 'यातना शिविर' अंडमान भी। नॉर्वे की अनोखी धरती में जहाँ नोबेल पुरस्कार विजेता ब्यौंसन का घर है, वहीं बर्गन की स्मृतियों के साथ–साथ सागर तट की वह मशाल भी है, जो भारतीय संत की याद में आज भी जलती रहती है। हिमांशु जोशी हिंदी के संभवतः वह पहले लेखक थे, जिन्होंने विश्वविख्यात साहित्यकार ब्यौंसन के घर की तीर्थयात्रा की।

इन यात्राओं के दौरान थाईलैंड में भारतीय संस्कृति की छाप हर जगह देखने को मिलती है। वहाँ 'अयुध्या', 'रामकियन' और 'राम उद्यान' भी दिखलाई देंगे। कुमाऊँ के घने जंगलों में 'उत्तर–पथ' के रास्ते अंतिम पड़ाव में नैनीताल का सौंदर्य भी दिखता है। साथ ही, अमरीका में आँखों देखा भारत महोत्सव का चमत्कार भी—और भी बहुत कुछ।

ये यात्रा–विवरण मात्र यात्रा के विवरण ही नहीं, कहीं इनमें इतिहास भी

है, भूगोल के साथ-साथ साहित्य भी, कला एवं संस्कृति की मार्मिक छुअन भी। इसलिए ये वृत्तांत कहीं दस्तावेज भी बन गए हैं—जीए हुए अतीत के। पाठकों को इनसे एक संपूर्ण जीवन का अहसास होने लगता है। एक साथ वह बहुत कुछ ग्रहण करने में सफल होता है—शायद यह भी इन वृत्तांतों की एक सबसे बड़ी सफलता है।

अनुक्रम

ब्यौंसन के घर

सिगरी उनसत की साधनास्थली बेयर बेक देख चुके हैं। सन् 1928 में उन्हें जिस कृति के लिए नोबेल पुरस्कार से सम्मानित किया गया था, वह यहीं लिखी गई थी। अब से ठीक 63 वर्ष पूर्व वह ओस्लो छोड़कर यहाँ आई थी—शांति की खोज में।

सिगरी का सारा घर अब संग्रहालय में बदल गया है। सारी वस्तुएँ उसी तरह रखी हैं, जैसे सिगरी के जीवन काल में कभी रखी रहती होंगी।

घर से बाहर आते हैं। नॉर्वे की मीठे पानी की सबसे बड़ी झील म्योसा ठीक सामने दिख रही है। सूर्य की चमचमाती रोशनी में काँच के टुकड़ों पर पड़े प्रकाश की तरह झिलमिलाता जल।

ठीक पूर्व दिशा में लिली हामेर की विस्तृत, उदार उपत्यका है। यहीं पास ही कहीं, दूसरे विश्वयुद्ध के समय नाजी सैनिकों से संघर्ष करता हुआ, सिगरी का बड़ा बेटा ऐंडर्स शहीद हुआ था…

ढलान पर बना है मकान। हम नीचे उतरकर पेड़ों की छाँह तले रखी बेंच पर बैठकर दोपहर का चबैना करने लगते हैं। चावला दंपती पूरियाँ बनाकर लाए हैं। आलू की चटपटी सब्जी है। नॉर्वे के सुदूर इस क्षेत्र में विशुद्ध भारतीय भोजन का अपना अलग ही स्वाद है। कंचे जैसी पारदर्शी भूरी आँखों वाली एक सफेद बिल्ली सामने आकर बैठ गई है। टुकुर-टुकुर देख रही है।

आलू-पूरी मैं उसकी ओर बढ़ाता हूँ तो वह स्वाद लेकर खाने लगती है। मैं सोचता हूँ—इस बिल्ली ने ऐसा भोजन न पहले कभी किया होगा, न बाद

में ही कभी कर पाएगी। मैं थोड़ा सा भोजन बड़े स्नेह के साथ उसे और खाने के लिए देता हूँ…

'यहीं पास ही तो है ब्योंसन का घर। यहाँ तक आए हैं तो कुछ कदम और आगे सही।' चावलाजी कहते हैं।

भोजन के पश्चात् हम अगली यात्रा की तैयारी करने लगते हैं। मैं उस मार्ग की ओर देख रहा हूँ, जिससे होकर सिगरी उत्तरी ध्रुव प्रदेश की ओर गई होगी—स्लेज गाड़ियों की सहायता से—ताकि वहाँ से सुरक्षित स्वीडन पहुँच सके। फिर वहाँ से अमरीका।

सचमुच अमरीका पहुँचकर इस नोबेल पुरस्कार से सम्मानित महिला ने गुजारे के लिए टाइपिस्ट के जैसी कोई साधारण सी नौकरी खोज ली थी और नाजियों के विरुद्ध अपने सतत संघर्ष को जारी रखा। वह तभी लिलि हामेर लौटी थी, जब हिटलर पराजित हो गया था।

गाड़ी पश्चिम दिशा की ओर बढ़ रही है। कैसा संयोग है कि दो नोबेल पुरस्कार प्राप्त साहित्यशिल्पी इतने पास-पास रहते थे! ब्योंसन को सन् 1903 में नोबेल सम्मान मिला था।

नॉर्वे के राष्ट्रकवि हैं ब्योंसन। यहाँ का राष्ट्रगान उन्होंने ही लिखा था। इस विलक्षण प्रतिभा के धनी साहित्यकार का जन्म सन् 1832 में हुआ था। जिस तरह रवींद्रनाथ ठाकुर अद्‌भुत प्रतिभा-संपन्न थे, उसी तरह ब्योंसन भी। वे एक चिंतनशील कवि ही नहीं, सुविख्यात उपन्यासकार भी थे। उतने ही बड़े नाटककार। शिक्षाशास्त्री, कलाकार, अभिनेता और सुपरिचित राजनीतिज्ञ भी।

इस समय उनके संग्रहालय यानी जिस घर की ओर हम बढ़ रहे हैं, उसका निर्माण सन् 1800 में हुआ था। परंतु ब्योंसन ने इटली से लौटने के पश्चात् सन् 1870 में खरीदा था।

हलकी-हलकी बूँदाबाँदी सी हो रही है।

एक तरफ सिर पर चमकती धूप, दूसरी तरफ बरसात की नन्ही-नन्ही बूँदें।

लगभग आधा घंटा से भी कम समय लगा होगा कि हम ब्यौंसन के घर के निकट पहुँच जाते हैं।

किंचित् ऊँचाई पर है घर। हलकी सी चढ़ाई। सड़क के दोनों ओर भोजपत्र के विशाल वृक्षों की कतार है। आस-पास फूलों की क्यारियाँ हैं। फलों के वृक्ष हैं। हरियाली-ही-हरियाली है। उनके बीच में खिले-खिले लाल, पीले, नीले फूल।

दो मकान साथ-साथ हैं। दालान में एक बग्घी रखी है। एकदम नई लग रही है, जैसे अभी-अभी तैयार करके यहाँ लाई गई है।

'यह घोड़ा-गाड़ी ब्यौंसन की है। इस पर चढ़कर वे इधर-उधर घूमने जाया करते थे।' हमारे साथ चल रही गाइड हमें हर वस्तु का इतिहास बतलाती जा रही है।

'ब्यौंसन को रंगमंच से बड़ा लगाव था। उनकी पत्नी स्वयं एक सुविख्यात अभिनेत्री थी। कहा जाता है कि ब्यौंसन कुछ रंगीले स्वभाव के थे। इसलिए पति-पत्नी दोनों ही एक-दूसरे पर नजर रखते थे।' वह तनिक मुसकराती हुई बतलाती है।

हम काठ के खुले बरामदे की परिक्रमा करते हुए भीतर कमरे में प्रवेश करते हैं।

'ब्यौंसन ने चौबीस साल की उम्र में पहला उपन्यास लिखा था।' गाइड बतलाती है, 'सामने जो यह सुनहरा फूलदान दिख रहा है न! यहाँ के राजा की ओर से ब्यौंसन की स्वर्ण जयंती के अवसर पर उपहार में दिया गया था।'

हर वस्तु को ध्यान से देखते हुए हम आगे बढ़ रहे हैं। हर वस्तु स्वयं में रहस्यपूर्ण लग रही है।

अब हम दूसरे कमरे में प्रवेश करते हैं।

'यह ब्यौंसन का डाइनिंग-रूम था। यहाँ पर इस कुरसी पर बैठकर वे भोजन किया करते थे। उनकी बगल की यह कुरसी सदैव उनकी पत्नी के लिए सुरक्षित रहती थी...' गाइड रहस्यमय ढंग से मुसकराती है।

हमें भी सहज ही जिज्ञासा होती है।

वह हमारे कान के पास मुँह लाकर फुसफुसाती है, 'कान से उनकी पत्नी को कम सुनाई देता था।'

कुछ पलों का मौन तोड़ती हुई वह आगे बतलाती है, 'कम लोग जानते हैं यह तथ्य कि नॉर्वे का यह सबसे पहला घर था, जहाँ बिजली लगी थी, इसमें बहुत अधिक खर्च की संभावना थी। ब्यौंसन के पास तब इतनी अधिक राशि थी नहीं। अत: उन्होंने लोगों से कुछ रकम उधार ली थी…।'

हम और दूसरे कमरे की ओर बढ़ने लगते हैं।

'यह दीवार-घड़ी दो सौ साल पुरानी है। ब्यौंसन के पिता ने एक ब्रिटिश नाविक से खरीदी थी।'

हमें विस्मय होता है। टिक-टिक घड़ी आज भी उसी तरह टिक-टिक चल रही है।

'दुनिया के कम लोग जानते हैं कि ब्यौंसन और विश्वविख्यात नाटककार हेनरिक इब्सन, दोनों समधी थे।'

'क्या मतलब ?' हमारे सह-यात्री जिज्ञासा से कहते हैं।

वह उसी स्वर में बतलाती है कि 'ब्यौंसन ने अपनी पुत्री बेरिंग लियोथ का विवाह हेनरिक इब्सन के बेटे सिंगुर के साथ किया था…।'

यह सुनकर मुझे आश्चर्य नहीं होता, क्योंकि तब भारत में नॉर्वे के राजदूत टनेर्ड इब्सन से मैं परिचित था। नॉर्वे आने से पहले मिला था। उनकी माता का नाम बेरिंग लियोथ तथा पिता का नाम सिंगुर इब्सन था।

हम सब ऊपर की मंजिल की दिशा में बढ़ते हैं।

'यह ब्यौंसन का लिखने का कमरा है। यह मेज जिस पर ब्यौंसन ने विश्वविख्यात रचनाएँ लिखी थीं और यह रही उनकी विलक्षण टोपी, जिसे 'जादुई टोपी' भी कह सकते हैं।'

मेज पर पुस्तकों के पास एक गहरे नीले रंग की ऊनी टोपी रखी हुई है।

अपनी उसी रौ में वह कहती चली आ रही है, इसे 'थिंकिंग कैप' के नाम से पुकारा जाता है, जब भी ब्यौंसन कुछ लिखने बैठते, वे वह टोपी धारण कर लेते थे। कहा जाता है कि इसे पहनने पर उनके मन में नए-नए विचार

प्रस्फुटित होने लगते थे। उनकी कल्पना शक्ति और भी प्रखर हो उठती थी।'

मैं टोपी को छूकर देखने लगता हूँ।

वह टोपी उठाकर मेरे सिर पर रख देती है, 'क्या आपको भी ब्यौंसन की तरह नए-नए भाव उभरते से प्रतीत हो रहे हैं?'

मुझे कुछ भी प्रतीत नहीं हो पा रहा है। हाँ, गरम टोपी पहनने से कुछ-कुछ गरमी का अहसास अवश्य हो रहा है। सुकून सा मिल रहा है।

बड़ी श्रद्धा के साथ मैं उस 'टोपी' को यथास्थान पर रख देता हूँ। मन-ही-मन उसे प्रणाम कर, दूसरे कक्ष की ओर बढ़ता हूँ।

सामने 'ब्यौंसन पर्वत' का विशाल चित्र है। एक पूरा पहाड़ काटकर उस पर ब्यौंसन की विशाल आकृति अंकित की गई है। है न मूर्तिशिल्पी का कमाल! इतनी बड़ी चट्टान का कमाल! इतनी बड़ी चट्टान को काटकर मूर्ति का आकार किस तरह देना संभव हुआ होगा, सच नहीं लग रहा है।

ठीक सामने नोबेल पुरस्कार का मेडल रखा है।

गाइड उसे उठाकर हमें दिखलाती है, 'ब्यौंसन के अलावा नॉर्वे में यह सम्मान सिगरी तथा कुनुट हम्सन को मिला था।'

गाइड अब निचली मंजिल की ओर चलने का आग्रह करती है।

एक बहुत बड़ा गोल देग रखा है ठीक सामने। गाइड हमें उसके पास खड़ा कर कहती है, 'यह पचास लीटर का है। ब्यौंसन को बच्चों से बड़ा प्यार था न। प्रति वर्ष देश के स्वाधीनता दिवस को वे 'बाल-दिवस' के रूप में मनाते थे। बड़ी धूमधाम के साथ। उत्साह के साथ। उस दिन इस देग में भरकर चॉकलेट तैयार की जाती थी और फिर आस-पास के बच्चों को भर पेट खिलाई जाती थी।'

हमें दूसरे कमरे में ले जाती है।

'यह कमरा तो एकदम खाली है।' पूछते हैं।

'जी हाँ,' गाइड हँस पड़ती है, 'इस कमरे को ब्यौंसन 'सूअर का कमरा' कहते थे। जब भी सिगरेट पीनी होती, वे इस कक्ष में आ जाते थे।'

एक अँगीठी के ऊपर बिल्ली का रंगीन रेखाचित्र है।

'यह क्या है?'

'उनके नटखट पोतों की करामात।'

पास ही चमड़े का एक बहुत बड़ा थैला लटक रहा है।

'यह क्या?'

'प्रतिदिन ब्यौंसन को सैकड़ों चिट्ठियाँ आती थीं। इस थैले में भरकर वे डाकखाने से घर तक लाई जाती थीं।

शाम हो रही है।

पीला-पीला प्रकाश और पीला लग रहा है—तापहीन।

हम एक साहित्यिक-तीर्थयात्रा से जल्दी-जल्दी लौटने लगते हैं—फिर ओस्लो की ओर।

(सन् : 1982)

□

आँखों-देखा अंडमान

काला अध्याय समाप्त हुए अब आधी शताब्दी बीत गई है। नहीं-नहीं, उससे भी अधिक! पर क्यों लग रहा है, ऐसा कि जैसे कल की ही हों ये सारी घटनाएँ!

पाँव उसी दिशा में अनायास बढ़ रहे हैं। उसी दिशा में मन भी।

तीर्थों की यात्राएँ मैंने नहीं कीं। परंतु आज क्यों लग रहा है कि तीर्थयात्रा शायद ऐसी ही बात होगी!

गोल्ल देवता, पूर्णागिरि और नेपाल के अनेक मंदिरों में आज भी पशु-बलि की प्रथा है, जहाँ भोले-भाले, निरीह, निरपराध मेमनों के रक्त से काल-देवताओं का अभिषेक होता है। किसी की बलि चढ़ाकर, किसी की मनोकामना पूर्ण कर, नव-जीवन प्राप्त करने की यह पशु-बलिपरंपरा मानव इतिहास में सदियों पुरानी है।

उपनिवेशवादियों ने इस परंपरा का निर्वाह एक-दूसरे कार्यों में, दूसरी तरह से, अपने हितों के लिए किया। अपनी समृद्धि के लिए दासों की किस्तों में यातनामयी बलि की एक और परंपरा आरंभ की।

'सेल्युलर जेल' जैसे अनेक यातना-शिविरों में इन्हें तड़प-तड़पकर मरने के लिए छोड़ दिया जाता था।

वैसे साधारण शोषण तो एक आम बात हो ही चुकी थी।

अनेक भाव, अनेक चित्र उभर रहे हैं अनायास।

कालापानी और सेल्युलर जेल के अनेक मानचित्र मेरे मस्तिष्क में

अंकित थे। क्या वास्तव में वे सब वैसे ही होंगे? वैसी ही होंगी वे काल-कोठरियाँ?

शायद उन्हीं में से किसी एक में बूढ़े बाबा भानसिंह बैठे दिख जाएँ। शायद देशभक्ति के अनेक प्रेरक गीत आज भी गूँज रहे हों वहाँ के धूल भरे गलियारों में। वीर सावरकर द्वारा कील या काँटे की नोक से जेल की कोठरी की दीवारों पर उकेरी कविताएँ अभी भी कहीं शेष हों! इसी तरह काल की कठोर शिला पर उन्होंने अपने युग का अमर महाकाव्य अंकित किया था। स्वयं को तिल-तिल जलाकर इस पद-दलित देश का एक और इतिहास रच दिया था।

कहीं दिख पड़ें तो भाई परमानंद से पूछूँगा—सिद्धि की समाधि में अभी और कितनी बार प्राणों का उत्सर्ग करना होगा? सेल्युलर जेल के पिछवाड़े, सागर-तट पर खड़ा खोजूँगा शहीद महावीर सिंह के समुद्र की लहरों पर तैरते शव को! नानी गोपाल नाम के उस देव-स्वरूप किशोर क्रांतिकारी से पूछूँगा, उस जहरीले कीड़े-मकोड़ों वाली, सीलनभरी अँधियारी काल-कोठरी में, अंतहीन तनहाई सहते-सहते, अपने प्राणों की आहुति देते हुए तुम्हें कैसा लगा था… ?

नवंबर 1997 की ग्यारह तारीख है आज!

कलकत्ता के हवाई अड्डे से अंडमान की दिशा में विमान उड़ान भर रहा है। प्रात: साढ़े पाँच बजे प्रस्थान का समय था, अत: सारी रात हवाई अड्डे में ऊँघते-ऊँघते बीत गई थी। इसलिए पलकें बोझिल सी लग रही हैं।

चारों ओर हलका-हलका धुँधला उजास है।

जैसे ही विमान हवाई पट्टी से ऊपर उठता हुआ, धरती की सतह छोड़कर, आकाश की ओर मुँह करता है, ठीक सामने जगमगाते रक्त-वर्णीय पिंड का मात्र एक छोटा सा भाग आँखों के आगे कौंधता है तो रोमांच सा हो जाता है सहसा!

एक अद्‌भुत अपूर्व दृश्य! आँखें अभिभूत हो उठती हैं—जीवंत प्रकाश से यों साक्षात्कार करते हुए।

हम ठीक सूर्य की दिशा में आगे जा रहे हैं न! अतः धीरे-धीरे प्रकाश उजला और उजला होता जा रहा है।

और अब आसमान से बरसता, झिलमिलाती रोशनी का एक विशाल झरना सामने प्रवाहित होने लगा है! किरणों की सहस्र चिनगारियाँ सी चारों ओर फूटने लगी हैं और प्रकाश-पिंड प्रति पल प्रखर और अधिक प्रखर होता चला जा रहा है···।

चकाचौंध के साथ सूरज की आँखों से आँखें मिलाने की यह अनुभूति स्वयं में कम आह्लादकारी नहीं!

धीरे-धीरे सूर्य तप्त होता हुआ, श्वेत-वृत्त का आकार लेता सिर की दिशा में, हलके-हलके झटकों के साथ और ऊपर उठने लगता है।

धरती से विमान की दूरी निरंतर बढ़ी चली जा रही है। लगता है विमान अब सफेद रुई की तरह छितरे बादलों की कतरनों से कहीं ऊपर चला गया है। नीचे धरती है या समुद्र पता नहीं चलता।

पलकें बंद किए मैं कहीं गहरे में डूब जाता हूँ। परंतु कुछ दृश्य अभी तक भी आँखों के आगे निरंतर क्यों तैर रहे हैं? कलकत्ता छूटने के बावजूद क्यों साथ-साथ चला आ रहा है? भीड़ भरी सड़कें, धूल, धुआँ, मैले, फटे चीथड़े की तरह दूर-दूर तक बिछा दम तोड़ता नगर! नहीं-नहीं, महानगर···!

जॉब चारनेक ने अब से तीन सौ वर्ष पूर्व जब इसकी स्थापना की थी, तब कौन सा सुनहरा सपना होगा उसकी आँखों में?

परमहंस, विवेकानंद, राजा राममोहन राय, महर्षि अरविंद, रवींद्रनाथ ठाकुर, जगदीशचंद्र बसु, नेताजी, सत्यजित राय का यह नगर, कितना कुछ कह जाता है, कुछ न कहते हुए भी···।

आदिम-युग की तरह हांफता हुआ, रिक्शा खींचता दो पाँवों वाला आदमी!

शोषण-मुक्त सामाजिक संरचना की कौन सी अवधारणा है यह! पशु के स्थान पर जुता आदमी!

इक्कीसवीं सदी के द्वार पर खड़ा!

आँखें मूँदे, आँखें खोले कलकत्ता की भीड़ भरी सड़कों पर दम तोड़ता आदमी बार-बार क्यों दिखाई दे रहा है?

तभी एकाएक झटका सा लगता है, जहाज नीचे, सीधे नीचे, एकदम नीचे चला जा रहा है। दिल धक् से रह जाता है।

सभी यात्री सहसा आतंकित हो उठते हैं।

पर क्षण भर में स्थिति सँभल जाती है तो प्राणों में प्राण आते हैं। एकाएक यह क्या हो पड़ा, किसी की समझ में नहीं आता।

सबके चेहरों पर हवाइयाँ हैं।

शायद आधी से अधिक यात्रा तय हो चुकी है!

कहते हैं, कलकत्ता से पोर्ट ब्लेयर की अपेक्षा बैंकॉक अधिक दूर नहीं।

मेरी निगाहें विमान की पारदर्शी खिड़की से फिसलकर नीचे उतरती हैं। सागर का जैसा नहीं, हाँ, धरती पर बिछे आकाश सा अहसास हो रहा है। कहीं-कहीं छितरे बादलों के टुकड़ों के नीचे सिलवट पड़ी नाइलॉनी चादरें दिख रही हैं। गहरी नींद में बाँहें फैलाकर सोया अथाह जल!

सूरज अब बाईं ओर है।

दूर कहीं छोटे-छोटे दो तिरते जहाज, खिलौनों से भी छोटे! उनके पीछे दूर तक पानी की सफेद लकीरें सी खींचती चली जा रही हैं। इसी तरह रेंगते, धुँआ उगलते, जंग लगे पुराने जहाजों के अँधेरे तहखानों में बोरों की तरह ठूँसकर स्वाधीनता सेनानियों को भी ले जाया जाता था, कभी जीते जी, जिनके वापस लौटने की संभावना नहीं होती थी। न जीने-मरने का सही-सही लेखा-जोखा ही।

किसी गुलाम कौम का भी कोई इतिहास होता है।

मुट्ठी भर विदेशी शासक और कश्मीर से कन्याकुमारी तक फैला विशाल भारत! सदियों तक जंगली भेड़ों की तरह··· काश, इन सैकड़ों सालों में इस महादेश ने भूल से ही कभी कोई करवट बदली होती!

जब स्वतंत्रता प्राप्ति के पचास साल बाद भी इस सोए हुए अभिशप्त राष्ट्र में, अभी तक वह चेतना नहीं दिखती तो फिर अतीत में यदि वह

शव-मात्र पड़ा रहा तो इसमें अचरज क्या!

मुझे लगता है, ये स्वतंत्रता के दीवाने सामान्य जीव नहीं रहे होंगे। अपना कटा सिर हथेली पर धरकर चलने वाले पैदा ही बलिदान के लिए हुए थे। अपने रक्त से अपना इतिहास रचकर जो चुपचाप ओझल हो गए, क्षितिज पर भोर के सितारों की तरह!

उनीले काले, घने बादलों के बीच बार-बार विमान झटके ले रहा है!

सूरज अब धूमिल, सफेद धब्बा मात्र रह गया है।

विमान धीरे-धीरे ढलान की तरफ है। लगता है, सागर की सीमा पार हो गई है। नीचे हरी-भरी धरती के छींटों के बीच एक मटमैली सी बाढ़ आई नदी दिख रही है। गंदला पानी! आस-पास अनेक जलाशय!

सागर का रंग भी अब बदलने लगा है। वह काला, नीला, सँवरी नहीं, गहरा हरा हो गया है। कुछ झीलें भी हरी, धरती भी हरी, लगता है, ढेर सारा हरा वार्निश धरती पर किसी ने यों ही उड़ेल दिया है!

लगभग दो घंटे का सफर समाप्त हो गया।

एक छोटी सी हवाई-पट्टी पर विमान हौले से उतर रहा है।

मुझे याद आता है, अब से लगभग 54 वर्ष पहले 29 दिसंबर, 1943 को, इसी 'लंबा लाइन' हवाई-पट्टी पर नेताजी का विमान उतरा था, जब भारत की मुक्त धरती पर सबसे पहले राष्ट्र-ध्वज फहराया गया था। 'शुभ, सुख, चैन की बरखा बरसे, भारत भाग है, जागा' का 'राष्ट्रगीत' अंडमान के आकाश में गूँजा था।

वह ऐतिहासिक क्षण सच, कितना रोमांचकारी रहा होगा…!

हरियाली-ही-हरियाली है चारों ओर! गाड़ी सर्पाकार मार्गों से होती हुई छोटी-छोटी पहाड़ियाँ पार कर रही है। चलती गाड़ी में से दीप, अंगुली से इशारा कर बतला रहा है, 'भाई साहब, वह जो इमारत दिख रही है न! ऊधर पेड़ों के झुरमुट के उस पार—मटमैली, पीली, कुछ-कुछ सफेद सी, वही है 'सेल्युलर जेल!'

मैं ठगा-ठगा सा देखता रह जाता हूँ।

उस पार समुद्र है। उससे लगा, एक और नन्हा द्वीप! और आसमान की ओर झाँकती एक पुरानी सी इमारत!

कितनी आशाएँ-आकांक्षाएँ कैद हैं इन सूनी दीवारों में! कितने सुनहरे सपने! हो सकता है, अनेक आत्माएँ अभी भी भटक रही हों यहाँ!

यदि वे क्रांतिकारी आज जीवित होते तो शायद अवश्य पूछते—पिछले इन पचास सालों में देश कहाँ पहुँचा है? भ्रष्टाचार किस हद तक हमने बढ़ाया है? जिन मूल्यों के लिए हमने अपना बलिदान दिया था, उनका मोल आज किस रूप में चुकाया जा रहा है? दलदल में डूबा देश अभी तक भी जागा क्यों नहीं··· ? आजादी की एक और लड़ाई क्या हमें अभी लड़नी है···।

दीप मेरी ओर देखता हुआ शायद कुछ पूछता है, उसका क्या उत्तर देता हूँ, मुझे याद नहीं। हाँ, गाड़ी उसी गति से आगे बढ़ रही है।

मैं आँखें खोले फिर बाहर झाँक रहा हूँ।

लगता है, अभी-अभी कुछ क्षण पहले हलकी सी बूँदाबाँदी हुई है। पत्तियों और ऊँची घास के सिरों पर मोती जैसी अनगिनत बूँदें निथर रही हैं। वृक्षों ने भी अभी-अभी पंच-स्नान किया है। पानी से भीगने के कारण उनके तनों का रंग कुछ-कुछ स्लेटी या कहीं-कहीं गहरा काला हो गया है। सड़कों पर भी हथेली के बराबर नन्ही-नन्ही तलैया, जिनमें छोटी-छोटी गौरैया खूब उछल-उछलकर नहा रही हैं। आस-पास गँदले पानी के छींटें बिखर रहे हैं।

गाड़ी एक बड़े से चौरस आँगन पर आकर रुकती है। लाल गेरुआ मिट्टी! एक विशालकाय बूढ़ा वृक्ष सामने खड़ा है। थाल जैसी चौड़ी पत्तियाँ। दूर तक बिखरी वट-वृक्ष जैसी शाखाएँ।

'रेस्ट हाउस' के एक कमरे में जतन से सामान रख दिया जाता है।

जाते-जाते दीप चेतावनी देते हुए बतलाता है, 'खाने का कोई सामान खुला न छोड़िएगा। धूल जैसी बारीक अनगिनत चींटियाँ घिर आएँगी। साँप भी कभी-कभी झाँक लें तो डरिएगा नहीं। यों दिल्ली में आपका पाला इनसे अवश्य पड़ता होगा···!' वह हँसता हुआ कहता है, 'आदमी की अपेक्षा

कम जहरीले होते हैं यहाँ के साँप।'

जल प्रायः रोज बरसता है। इसलिए सनातन बरसात का जैसा माहौल बना रहता है। चारों ओर घनी घास है। बाहर पड़ी-पड़ी लकड़ियों का रंग हमेशा भीगे रहने के कारण काला हो गया है। कहीं फफूँद लग गई है…।

बाथरूम का किवाड़ खोलता हूँ तो रोंगटे खड़े हो जाते हैं।

अरे यह क्या? पानी के बहने के लिए बनी खुली मोरी से गुच्छे के रूप में लंबे-लंबे केंचुओं की कतार भीतर की ओर सरकने का प्रयास कर रही है। मेढकों के भी दो-तीन नवजात शिशु मुक्तभाव से इधर-उधर फुदक रहे हैं। यहाँ नहाना कैसे संभव हो पाएगा? कहीं इस मोरी से सर्पराज निकल आए तो!

बाथरूम का यह दरवाजा भली-भाँति बंद होता है या नहीं। कहीं कोई और छिद्र तो नहीं। मैं कसकर वेंटीलेटर भी बंद कर देता हूँ।

दोपहर बाद का समय स्वाधीनता सेनानियों या उनके परिजनों से मिलने के लिए निश्चित है। कालेपानी की यंत्रणा सहने, जो यहाँ आए थे कभी और फिर यहीं रह गए!

बाजार से होते हुए हम सड़क से लगे एक साधारण से निम्न मध्यवर्गीय घर में प्रवेश करते हैं।

'यह घर मास्टर केसरदास का है।' गौरीशंकर पांडे कहते हैं।

काठ की सीढ़ियाँ खट-खट चढ़ते हुए एक खुले कमरे में प्रवेश करते हैं। काठ का फर्श, काठ की दीवारें, काठ की छत, काठ के दरवाजे। काठी-ही-काठ सर्वत्र!

पांडेजी परिचय कराते हैं। मैं देख रहा हूँ—

दुबला-पतला शरीर, तिनके जैसी लंबी दाढ़ी, वैसे ही खुले ऋषियों के जैसे लंबे धवल केश, प्रशांत आकृति। पचहत्तर वर्षीय अवकाशप्राप्त हेड मास्टर केसरदास पलंग पर बैठे हुए हैं, कुछ अस्वस्थ हैं। अच्छी तरह चल-फिर नहीं सकते।

'मैं अंडमान में ही पैदा हुआ था।' वे बतलाते हैं, 'मेरे दादा सुखचंद

दमोह के रहने वाले थे। क्रांतिकारी होने के कारण उन्हें कालापानी की कठोर दंड मिला था। सन् 1860 में वे अंडमान आए और फिर यहीं के होकर रह गए।'

'स्वाधीनता संग्राम से आप कैसे जुड़े?' पूछता हूँ।

'दादाजी का प्रभाव प्रत्यक्ष या अप्रत्यक्ष हम पर भी कम नहीं रहा। मैं तब तरुण था, देश-प्रेम का उबाल था। अपने सीमित साधनों के बल पर मैंने किशोरों की एक मंडली बना ली थी, जो अंडमान में जगह-जगह घूमकर देश-भक्ति के गाने गाकर, लोगों में चेतना जगाने के कार्य करती थी।'

कुछ सोचते हुए वे आगे कहते हैं, 'नेताजी जब यहाँ आए थे, उनका स्वागत हमने 'वंदेमातरम्' गाकर किया था। बड़ी गंभीरता से उन्होंने सुना। हमारी मंडली की हालत देखकर शायद उन्हें लगा कि ये किशोर साधनहीन है। अर्थाभाव के कारण कार्यक्रम किस तरह करते होंगे? मैंने देखा, वे बढ़कर हमारे पास आ रहे हैं। मेरे मना करने के बावजूद उन्होंने हमें पुरस्कारस्वरूप बीस रुपए दिए...। मेरे जीवन की वह एक अविस्मरणीय घटना थी...।'

वे अतीत की स्मृतियों में खो से जाते हैं।

'भारत की स्वतंत्र भूमि पर जब नेताजी सबसे पहले तिरंगा फहरा रहे थे, उसका मैं साक्षी रहा। कितना जोश था लोगों में! सेल्युलर जेल में भी उसी समय राष्ट्रध्वज फहराया जाए, यह नेताजी का आदेश था। हम कितने खुश थे, यह सोचकर कि कालापानी की सजा झेल रहे देशभक्तों को वापस लौटने का अवसर मिलेगा।

'यातना देने की यह अमानवीय प्रक्रिया सदा-सदा के लिए समाप्त हो जाएगी। नेताजी के भाषण का अंडमानवासियों पर बड़ा गहरा प्रभाव पड़ा था।'

वे विभोर हो उठते हैं। उन दिनों गाए जाने वाले देशभक्ति के जोशीले गीत गुनगुनाते लगते हैं।

मैं चारों ओर निगाहें घुमाता हूँ। उनके आर्थिक संघर्षों का प्रभाव घर

की हर वस्तु से स्पष्ट झलक रहा है। भीतर के कमरे में, काठ के पलंग पर रुग्ण पत्नी लेटी है।

मास्टरजी का एक पाँव बहुत मोटा हो गया है। वह बतलाते हैं, 'इलाज से कुछ लाभ तो अवश्य हुआ, पर लगता है, अब फिर बिगड़ रहा है। डॉक्टर कहता है—पाँव ऊपर बाँधकर रखो। कहीं चलो-फिरो नहीं। अरे, मैं चलूँगा-फिरूँगा नहीं, काम नहीं करूँगा तो भला गुजारा कैसे होगा?'

वे भावुक हो जाते हैं।

काले बादल! अभी-अभी समाप्त हुई बरसात की बौछारों से सारा वातावरण एकदम स्वच्छ, धुला-धुला सा हो गया है। विशाल टीलों के आकार की छोटी-छोटी हरी पहाड़ियाँ नारियल के कुंजों की हरी-भरी चादरों से ढकी। बीच-बीच में हरियाली के बीच डूबे बिखरे घर! थोड़ा सा दायाँ-बायाँ देखने मात्र से सागर का मोती जैसा स्वच्छ किनारा झलकने लगता है और थोड़ा सा परे हटकर फिर द्वीपों की हरी धरती। केरल में भी इतनी हरीतिमा कहाँ! सुजला, सुफ़ला तो यही है सदियों तक उपेक्षित, अभिशप्त धरा।

कोई बतलाता है, जब से तमिलनाडु, बंगाल आदि राज्यों के निवासियों की संख्या में असाधारण वृद्धि हुई है, यहाँ की हरियाली का हरित रंग बदलने लगा है...।

अब हम जा रहे हैं, सत्तर वर्षीय अवकाशप्राप्त अध्यापक शेख आलम के घर।

कुछ दूरी पर है यह!

'नेताजी-स्टेडियम' से होते हुए पोर्ट ब्लेयर के दक्षिणी भाग में!

'माँ का जन्म सन् 1897 में यहीं अंडमान में हुआ था। वालिद वन विभाग में थे। सन् 1943 में जब जापानियों ने अंग्रेजों से इन द्वीपों को छीना, तब उन्होंने रॉस द्वीप में जापानी भाषा सिखलाने के लिए पहला स्कूल खोला था। मेरे वालिद साहब को इसमें दुभाषिए का काम सौंपा गया था।

'मुझे याद है, तब मैं छोटा था। सेल्युलर जेल में कैदियों के मरने यानी

मारे जाने की खबरें प्राय: आती रहती थीं, जिन्हें सुनकर हम आतंकित हुए बिना नहीं रहते थे···। जब नेताजी यहाँ आए, मैं स्कूल का विद्यार्थी था, उस दिन की सारी घटनाएँ एक-एक कर मुझे आज भी याद हैं।

'स्कूल से हमें सीधे लंबा-लाइन हवाई अड्डा ले जाया गया था। हवाई जहाज की सीढ़ियों से नेताजी उतर रहे थे। उन्होंने मिलिटरी के कपड़े पहने थे। घुटनों तक लंबे बूट, आई.एन.ए. के बहुत सारे मेडल। आँखों पर काला चश्मा था। उनके स्वागत में बच्चों के अपने बैंड के साथ हम भी पहुँचे थे। यों अलग से नेवी का भी अपना बैंड था, हमारे साथ उस्मान अली थे, आफताब अली थे, फिर मास्टर श्यामलाल, परसराम थे। हमने नेताजी को सलामी दी, तिरंगा फहराते हुए नेताजी ने कहा था—दोस्तो, अब हमारा आजादी का सपना सच होने वाला है···!'

आधी बाँह की सफेद कमीज, पैंट, पाँवों में सफेद चप्पलें। अभी भी आवाज में वैसी ही खनक!

हम चलने लगते हैं तो हमारे साथ वे भी गाड़ी में बैठ जाते है। कहते हैं, 'वह भी क्या जमाना था! मैं एल्यूमिनियम के टिफिन कैरियर में खाना लेकर प्राय: रोज सेल्युलर जेल जाता था। बरतन की तल्ली में कील से खुरचकर कैदी कोई संदेश लिख देते थे। इस तरह गुप-चुप संदेशों का आदान-प्रदान चलता था। पर एक बार जब मैं पकड़ा गया तो खूब अच्छी मरम्मत हुई। बड़ी मुश्किल से सिपाहियों के चंगुल से छूटा था···।'

बाजार के निकट, जामा मसजिद से होकर हम गुजर रहे हैं। उसी से लगा है, श्रीराम मंदिर। शेख कहते हैं, 'जब मैं छोटा था, इस राम मंदिर का घंटा रोज बजाया करता था। एक दिन पुजारीजी से किसी ने मेरी शिकायत की। कहा कि इस मुसलमान छोकरे को सुबह-सुबह मंदिर का घंटा क्यों बजाने दिया जाता है। पर पुजारीजी माने नहीं। बोले—'बिना नागा इत्ते अरसे से यह रोज नियमित रूप से घंटा बजा रहा है, जबकि और बच्चे कहने के बाद भी कभी आते हैं, कभी नहीं। इसलिए अभी ही नहीं, आगे भी घंटा तो यही बजाया करेगा···।'

वे हँस पड़ते हैं, 'हम लोग मुख्य भूमि वालों के मुकाबले कहीं अधिक उदार हैं। धर्म की संकीर्णताओं से मुक्त। कालापानी की संस्कृति की यह सबसे बड़ी विशेषता रही है। हम मात्र भारतीय हैं।'

गाड़ी उसी गति से आगे बढ़ रही है। खिड़की से बाहर झाँकते हुए वे बतलाते हैं, 'जहाँ यह सड़क है, पहले यहाँ पर धान के खेत हुआ करते थे…।'

तिहत्तर वर्षीय आर. शामनाथ का घर खोजने में अधिक समय नहीं लगता। उनके दादा गोदावरी जिले से यहाँ आए थे। पिता का जन्म इसी द्वीप में हुआ था।

'हम लोग सदैव आतंक के साये में रहे,' वे बतलाते हैं, 'अंग्रेजों का दमन चक्र। कैदियों पर आए दिन होने वाले उनके अमानवीय अत्याचार। आदिवासियों के साथ पशुवत् व्यवहार। अंग्रेजों की अंडमान द्वीपों में पराजय के पश्चात् फिर जापानियों ने क्या-क्या जुल्म नहीं ढाए! हमारी उम्र तब अधिक नहीं थी। बातों को गहराई से नहीं समझ पाते थे, परंतु चारों ओर जो कुछ घटित होता था, उसके प्रभाव से अछूते कैसे रह पाते!'

'जापानियों के आने के बाद पहले कुछ आशाएँ बंधी, पर जल्दी ही वे फिर निराशा में बदलने लगीं। नेताजी का आगमन हमारे लिए सबसे बड़ा हर्ष का विषय था पर…।' कहते-कहते वे चुप हो जाते हैं।

'नेताजी के आने के समय भी क्या सेल्युलर जेल में राजनीतिक बंदी थे?' पूछते हैं।

'कहने भर के लिए सबको मुक्त कर दिया गया था, किंतु जेल के कुछ हिस्से अवश्य ऐसे थे, जहाँ वे बंद करके रखे गए थे। नेताजी जब सेल्युलर जेल गए, तब उन्हें उन हिस्सों में ले जाया नहीं गया…।'

कुछ सोचते हुए भी वे गंभीर स्वर में आगे कहते हैं, 'नेताजी खुश थे कि इन काल-कोठरियों से स्वाधीनता सेनानियों को मुक्ति मिल गई है, परंतु ऐसी कोठरियाँ भी कम संख्या में नहीं थीं, जहाँ जापानियों के दमन के शिकार भी बहुत बड़ी संख्या में छटपटा रहे थे। यातना का एक और

दुःखद अध्याय था।'

अंडमान में रह रहे भारतीयों को तब इस बात से गहरी निराशा हुई कि जापानियों ने हर क्षण नेताजी को घेरे रखा। इसका अवसर ही नहीं दिया कि यहाँ का भारतीय समुदाय उनसे क्षणभर अपने दुःख-दर्द की अंतरंग बातें कह सके।

नेताजी के आगमन पर द्वीप में रहने वाले भारतीयों ने दीपावली मनाई थी। भारतीयों के घर-घर जाकर हम लोगों ने दस हजार रुपए की राशि एकत्र कर नेताजी को समारोह में भेंट की थी। नेताजी के आगमन का वर्णन करते हुए वह आगे बतलाते हैं, 'वह 29 दिसंबर, 1943 का दिन था, जब एक विशेष विमान से एडमिरल इशि कावा के साथ वे उतरे थे। सुरक्षा का दृष्टि से उन्हें रॉस आयलैंड में ठहराया गया था। 30 दिसंबर को प्रातः नौ बजे नेताजी ने तिरंगा फहराया था। उसी के साथ यह घोषणा भी हुई कि जापान सरकार इन द्वीप समूहों को 'आई.एन.ए.' को सौंपती है…। रॉस द्वीप में मैं नेताजी का अटेंडेंट रहा। मेरी उम्र थी तब चौबीस साल।'

अब हम 'अवरडीन विलेज' की दिशा में जा रहे हैं। कभी जंगल था यहाँ। फिर नारियल के वृक्ष उभर आए। फिर धान के खेत और अब विलेजनुमा मकान-ही-मकान पहाड़ों की पीठ पर। सँकरी गलियाँ और घनी आबादी वाला क्षेत्र।

ऊपरी भाग से सागर का विहंगम दृश्य दिखता है। सेल्युलर जेल! रॉस द्वीप!

आस-पास के कई द्वीप।

पांडेजी ने कल यहाँ आने का कार्यक्रम बनाया था, पर अधिक बारिश के कारण टल गया था। यों बारिश की फुहारें तेज ही पड़ती हैं, परंतु कल बादल कुछ अधिक ही मेहरबान रहे।

'एक वृद्धा है यहाँ, स्वाधीनता संग्राम से जुड़ी,' पांडेजी बतलाते हैं।

घर कुछ ऊँचाई पर है, निचली छत से सीधे ऊपर सीढ़ियाँ। छत-ही-छत से किसी तरह बच-बचकर ऊपर वाले कमरे में पहुँचते हैं। यहाँ घुप्प

अँधियारा है। शेष भारत की तरह क्या यहाँ भी बिजली की आँख-मिचौली चलती रहती है?

कुछ क्षण पश्चात् रोशनी की व्यवस्था होती है ताकि हम एक-दूसरे को देख सकें।

सामने एक महिला बैठी है। उम्र है अस्सी साल।

'आप ही हैं खैरुन्निसा बेगम,' पांडेजी परिचय कराते हैं।

'आजादी की लड़ाई में सुना आपकी भूमिका बड़ी महत्त्वपूर्ण रही···।'

वे हँस पड़ती हैं, 'हमारी क्या, सभी की रही। हमने जीवनभर जनसेवा का संकल्प लिया था। महिलाओं का एक क्लब बनाया था, जिसमें हम सब इकट्ठा हुआ करती थीं। गरीब बच्चों को दूध बाँटतीं, उन्हें पढ़ातीं, जो मरीज होते, उनके लिए दवा का इंतजाम करतीं। वक्त आने पर हम खुद भी थोड़ा बहुत आरंभिक उपचार कर लेतीं। जिंदगी में हमारा एक ही मकसद रहा—

'भलाई कर चलो जग में
तुम्हारा भी भला होगा।'

'आपको इसकी प्रेरणा कैसे मिली?'

'नेताजी से, देश के और बुजुर्गों से। नेताजी जब यहाँ आए तो मैं उनसे मिली। यों उससे पहले से मैं 'आजाद हिंद फौज' की महिला शाखा की सक्रिय सदस्या थी। नेताजी के आशीर्वाद के बाद अपना सारा जीवन मैंने पूरी तौर से इसी में लगा दिया।'

'आप लोग मूलतः कहाँ के रहने वाले हैं?' पूछता हूँ।

'मेरा दादा नबी बख्श इलाहाबाद से आया था। ससुराल वाले भुवन दे चौधरी बंगाल से। हम कभी मुसलमान रहे, कभी हिंदू। हमारे परिवार से जुड़े कुछ और दूसरे मजहबों से भी रहे। यह पांडे मेरी ननद का लड़का है। बृजलाल मेरे देवर हैं। वर्षों तक अपनी सगी बहन की तरह इजिलीना के साथ मैंने सोशल वर्क किया। अब कौन सा मजहब है हमारा, हमें क्या मालूम!'

मूलतः कर्नाटक से आए थे जॉन लोबो के पूर्वज। वह बड़े दर्द के साथ कहते हैं, 'अंग्रेजों से भी भयंकर अत्याचार हम पर किए थे जापानियों ने।

'जलियाँवाला बाग' से कुछ कम नहीं। साढ़े तीन साल का ज़ापानी-शासन क्रूरता की पराकाष्ठा का प्रतिरूप रहा।'

जगह-जगह कहानियाँ-ही-कहानियाँ बिखरी हैं यहाँ। स्वतंत्रता के पचास साल बाद भी आज कई लोग ऐसे हैं, जो अंग्रेजों और जापानियों के विषय में मुँह नहीं खोल पाते। सचमुच कितना आतंक रहा होगा, छिटके हुए छोटे-छोटे द्वीपों के इन असुरक्षित निरीह गूँगे प्राणियों में!

जन-शून्य वातावरण। चारों ओर अथाह जल। जल-ही-जल। चीखने पर भी कौन सुन पाएगा, किसी का आर्त्त स्वर। संभवतः असुरक्षा की भावना ने इन्हें भीरु बना दिया है, जो आदमी होते हुए भी कभी आदमियों की तरह जी नहीं पाए।

पर यही असुरक्षा की भावना इनके लिए अंततोगत्वा वरदान भी सिद्ध हुई। इसी के कारण ये जाति-पाँति, भाषा, धर्म, प्रदेश-संकीर्ण भावनाओं से ऊपर उठ पाए! किंचित् अपनेपन के लिए तरसते मुट्ठीभर निर्वासित लोग! घर और समाज से सदा-सदा के लिए बहिष्कृत किए जाने के बाद, तिनका-तिनका जोड़कर इस दंड-द्वीप में, जिन्होंने अपना एक अलग संसार रचने का प्रयास किया था।

जो भी मिला, अपना समझकर उसे ही अपना बना दिया। जाति-धर्म के बखेड़े तो अघाए हुए लोगों के चोचले हैं, जिनके पास परस्पर उगलने के लिए पर्याप्त जहर है। लड़ने के लिए अपार शक्ति। संभवतः इसलिए इस देश में गत पचास वर्षों में प्यार की अपेक्षा परस्पर नफरत की फसल अधिक लहलहाई है…।

आज सेल्युलर जेल की ओर जाते हुए मन भारी हो रहा है। पाँव जिस गति से बढ़ने चाहिए थे, बढ़ नहीं पा रहे हैं।

मुख्य द्वार के पास जाकर ठिठक पड़ता हूँ। सहसा उन मुक्ति-दूतों का स्मरण हो आता है, जो अमरत्व को प्राप्त करने के बाद भी धधकती मशालों की तरह इन अँधेरी काल-कोठरियों में अपने अस्तित्व का अहसास आज भी जगा रहे हैं।

हरे दरवाजे!

पीली दीवारें!

स्वाधीनता के पश्चात् बना बाहरी द्वार तथा दाईं ओर का संग्रहालय! एक नए रूप, नए रंग में।

कुछ कदम आगे बढ़ने पर जेल का पुराना अस्पताल दिखता है, जहाँ संगमरमर की सफेद पट्टी पर शहीदों के नाम अंकित हैं।

हिंदू किचन! मुसलिम किचन!

मैं हिसाब लगाता हूँ, अब सौ साल होने को हैं, इस यातना-शिविर को बने। सात में से केवल तीन ही 'विंग' शेष हैं—एक, छह और सात! शेष तोड़ दिए गए हैं।

सातों 'विंगों' की रख वाली ऊपर गुंबद पर बैठा मात्र अकेला एक संतरी करता था!

सबसे पहले हम दूसरी मंजिल के बरामदे में प्रवेश करते हैं—लंबा बरामदा, इस छोर से उस छोर के अंतिम सिरे तक!

बरामदे से लगी छोटी-छोटी कोठरियाँ, जिनमें अब कोई नहीं रहता। लौह-कपाट के पास लोहे का ही तिरछा मोटा गोल डंडा, जो दीवार को छेद कर एक सिरे से दूसरे सिरे तक चला गया है, जहाँ इसे भारी-भरकम कुंडे में फँसाकर मोटा ताला लगा दिया जाता था!

भीतर जाकर मैं उन दीवारों को छूता हूँ। छू-छूकर देखता हूँ। सपाट कोठरी में कहीं कुछ लिखा दिखता नहीं है कि इसमें कब, कौन रहता था? ऐसी ही किसी एक कोठरी में शहीद महावीर सिंह ने दम तोड़ा होगा! हर दरवाजे के पास बाहर दीवार पर एक गोल कुंडा गड़ा है, जिस पर कैदी को लटकाकर खड़ी-बेड़ी की असह्य यातना दी जाती थी।

बाबा भानसिंह की कोठरी तो इससे भी छोटी थी, जिसमें पाँव फैलाकर सोना भी संभव न था। ढाई फीट लंबी, ढाई फीट चौड़ी! ऐसी कोठरी कहाँ होगी? किस विंग में?

मेरी आँख कहीं बारींद्र घोष को खोजती हैं।

हाँ, तीसरी मंजिल के अंतिम छोर की मात्र एक कोठरी में अवश्य इसके प्रमाण हैं कि वीर सावरकर को इसमें रखा गया था। आयरिश जेल-अधीक्षक डेविड बारी ने न जाने कितनी यंत्रणाएँ देकर अपनी पाशविक प्रवृत्ति का परिचय दिया था।

चप्पलें कोठरी के द्वार के बाहर उतारकर मैं भीतर प्रवेश करता हूँ। लगता है, जैसे सावरकर अभी भी इसमें निवास करते हैं, इस समय कहीं गए हैं!

कोठरी के भीतर दीवार पर उनका एक रंगीन चित्र टँगा है।

बगलवाली दीवार पर अंग्रेजी में एक कविता 'इन प्रेज ऑफ लिबर्टी'।

बेड़ियों में जकड़े सावरकर के एक और रंगीन चित्र के साथ उनकी मराठी कविता 'कमल-काव्य' की प्रेरक पंक्तियाँ हैं।

इस कमरे का रंग कुछ-कुछ नीला है। शेष एकदम सफेद है।

विंग दो की कोठरी संख्या एक सौ तेईस में भी कुछ अरसे के लिए रहे थे। पर बाद में वह विंग पूरी तरह तोड़ दिया गया था। उसका अब कोई अवशेष नहीं।

यह देखकर सहज ही आश्चर्य होता है कि सावरकर की इस कोठरी के बाहर गलियारे में अलग से लोहे का एक और भी द्वार है। लोहे के इस दोहरे पिंजड़े में वर्षों तक रहना कितना त्रासद रहा होगा! कितना घुटन भरा!

इस दुर्दांत कैदी को ऐसे रखना भी सुरक्षित नहीं लगा था शायद। अतः बारी ने इसे अपने निवास के निकट रखा। बारी के घर की खिड़की ठीक इस कोठरी की तरफ खुलती थी, जिससे वक्त-बेवक्त निगरानी में सुविधा होती थी। पहले भी अनेक बार यह ब्रिटिश सरकार को चकमा दे चुका है न!

जी करता है, कालापानी में पचास साल की, यानी दो उम्र कैद की सजा एक साथ झेलने वाले सावरकर कहीं दिखें तो पूछूँ, 'इतनी घोर यंत्रणाओं के बीच अपना मानसिक संतुलन किस तरह बनाए रहे?'

सबसे ऊपर की मंजिल से आस-पास का सारा नजारा साफ दिखता है। इस टूटे हुए खंड की मात्र खुली छत रह गई है अब।

दोपहर का सूरज ठीक सिर पर तप रहा है।

मैं खुली छत से होता हुआ, एक सिरे से दूसरे सिरे तक जाता हूँ, पता नहीं क्या खोजता हुआ! आस-पास केवल ईंटों की सपाट दीवारें दिखती हैं। सामने धूप में लेटा शांत सागर! ठंडी लहरों को छूकर आती हुई तेज हवा!

पीछे की तरफ सागर तटवाले हिस्से में टूटी हुई सी एक-दो पुरानी इमारतें हैं शायद ये दूसरी जेलें हैं—महिलाओं और किशोरों की। इसी दिशा में नया बना 'गोबिंद बल्लभ पंत अस्पताल' भी दिखाई दे रहा है।

इधर-उधर अब उन जेलों के केवल ढाँचे मात्र रह गए हैं।

दुःखद स्मृतियों के खंडर!

इधर-उधर भटकता हुआ शायद मैं उस छोटी सी अँधेरी कोठरी को ढूँढ़ रहा हूँ, जिसमें नानी गोपाल ने तनहाई झेलते हुए अपने अंतिम दिन बिताए थे। शायद उनकी बेड़ियाँ, हथकड़ियाँ, टाट के फटे कपड़े, कहीं किसी सीलन भरे अँधेरे कोने में यों ही पटके मिल जाएँ!

प्रायः हर रोज रात को 'लाइट एंड साउंड' का सजीव कार्यक्रम यहाँ प्रस्तुत किया जाता है। सचमुच, तब उन रीती कोठरियों से खोई-खोई कई जोड़ी आँखें चौंधियाते प्रकाश की चकाचौंध में कुछ खोजती होंगी! जो अथाह दर्द, जो यंत्रणा इन भुतहा कोठरियों में अभी तक कैद है, क्या उसका अहसास मुक्त वातावरण में साँस लेने वाले जीवों को कभी हो सकता है?

सबसे नीचे, आँगन जैसा लंबा-चौड़ा खुला मैदान है, जिसमें लाल छतवाला टीन का एक बड़ा सा शेड पड़ा है। उसमें लोहे का वह भारी-भरकम कोल्हू अब तक ज्यों-का-त्यों रखा है। मैं उठाने की कोशिश करता हूँ, पर उठा नहीं पाता। दो स्वस्थ बैलों के बराबर तेल एक कैदी के लिए पेरना कितना कठिन होता होगा?

मना करने पर डंडा-बेड़ी या नंगी पीठ पर कोड़ों का प्रहार या राशन में कटौती! या तनहाई!

दूसरे दिन भूखे पेट काम करना सचमुच कैसे संभव हो पाता होगा?

लोहे का मोटा डंडा तिरछा पड़ा है जमीन पर! घानी पड़ी है पूर्ववत्! पास ही लोहे की मोटी-मोटी साँकलें भी।

इसी के पास खुरदरे सूखे नारियल के रेशों की रस्सियों की बटाई होती थी।

रस्सियाँ बटते-बटते कैदियों की हथेलियाँ लहूलुहान हो जाती थीं। बूँद-बूँद रिसता रक्त चारों ओर बिखर जाता था।

यह आदम कद ऊँचाई पर बना लगभग छह फीट लंबा सीमेंट का चबूतरा! उसके बीच में बित्ते भर का उथला गड्ढा। आज भी उसमें थोड़ा सा पानी झलक रहा है!

कभी इसमें केवल खारा पानी होता था! फाँसी पर लटकाने से पूर्व कैदी के कपड़े उतारकर इसमें लिटा दिया जाता था और मान लिया जाता था कि उसने स्नान कर लिया है।

इसके ठीक दाहिनी ओर, निचली मंजिल के अंतिम किनारे की चार-पाँच कोठरियाँ, शेष से अलग दिख रही हैं। हर कोठरी के बाहर एक अतिरिक्त लोहे का दरवाजा है, कॉरीडोर पर, जो अन्य कमरों से इसे विभाजित करता है।

फाँसी देने से पहली रात कैदियों को यहाँ रखा जाता था।

इसके और नहाने वाले छोटे चबूतरे के बीच अंतिम कोने में अलग से बनी काठ की काली कोठरी है।

मैं कोठरी के द्वार पर जाकर ठिठक जाता हूँ।

नारियल की मोटी रस्सी का गोल फंदा, तिरछे शहतीर पर लटका हवा में झूल रहा है। नीचे लकड़ी के तीन-चार तख्ते! उनके नीचे गहरी अँधेरी खाई!

जैसे ही फाँसी का फंदा गले में बाँधा जाता, मुँह पर काला कपड़ा, नीचे पाँवों पर टिके तख्ते सहसा खिसका दिए जाते और आदमी क्षणभर में हवा में निराधार झूलने लगता!

थोड़ी देर इसी तरह लटकाए रखने के बाद जब लगता कि अब यह भली-भाँति मर चुका है, तब रस्सी काट दी जाती है और शव धड़ाम से नीचे गहरी खाई में जा गिरता था।

नीचे से ही एक छोटा सा सुरंग जैसा मार्ग है बाहर जाने के लिए।

कैदी का शव वहाँ से चुपचाप घसीटकर इस रास्ते से बाहर फेंक दिया जाता था।

समुद्र का किनारा यहाँ से कुछ अधिक दूर नहीं।

अधिकांश बंदियों के शव उसी में विसर्जित कर दिए जाते।

मैं देख रहा हूँ—इस 'फाँसी घर' के ठीक ऊपर है वीर सावरकर की कोठरी। जानबूझकर, बहुत सोच-समझकर उन्हें उस कोठरी में रखा गया था। ताकि रात-बेरात मृत्युदंड वाले कैदियों की चीखें उन्हें परेशान करती रहें।

तब दो ही खुदा थे इस धरती पर।

एक ऊपर वाला, दूसरा बारी।

इनमें बारी अपने को वास्तविक खुदा से अधिक महत्त्वपूर्ण मानता था। खुदा से लड़कर तो खैर हो सकती थी, पर इस जीवित 'खुदा' से नहीं!

लेकिन इस जीवित 'खुदा' को भी एक दिन सबक सिखला दिया था पंडित परमानंद ने।

बारी जब अकारण गाली देने लगा तो सारे कैदियों के सामने पंडितजी ने कसकर एक झापड़ बारी के गोरे गाल पर मारा तो 'खुदा' धरती सूँघता नजर आया।

आज न बारी है, न पंडित परमानंद! पर हाँ, इतिहास रचती कुछ घटनाओं का साक्ष्य अवश्य शेष है।

लौटते समय संग्रहालय देखने का लोभ संवरण नहीं कर पाते।

आयताकार हॉलनुमा एक बड़ा सा कमरा।

सौ सालों का त्रासद इतिहास!

सामने टाट के कपड़े टँगे हैं। कैदियों को दिए जाने वाले बित्तेभर के धारीदार वस्त्र! बेड़ियाँ, लोहे की हथकड़ियाँ, जंग लगे लोहे के टूटे बरतन, जैसे आदिमयुग की गुफाओं के उत्खनन से प्राप्त हुए हों! कैदी इन्हीं में भोजन किया करते थे।

वह चाबुक, जिसे कैदियों की नंगी पीठ पर बात-बिना बात चलाया जाता था, तब चाबुक के साथ-साथ मांस भी उतर जाता था।

कैदियों द्वारा बँटी नारियल की मोटी-मोटी रस्सियाँ···!

साँझ घिर आई है।

पांडेजी भी साथ-साथ चल रहे हैं—चुप!

जेल के पार्श्व में समुद्र-तट की रेत में खड़ा डूबते सूरज को देख रहा हूँ। सागर का जल पिघले सोने की तरह प्रवाहित हो रहा है। एक लहर के बाद दूसरी लहर हरहराती, झाग उगलती हुई आ रही है···।

उसके पीछे वैसे ही एक और लहर, ठीक उसी तरह! यह कभी भी समाप्त न होनेवाला सिलसिला लगातार चल रहा है···।

पांडेजी पास आकर कहते हैं, 'यहीं पर, इसी जेटी से 4 जुलाई, 1921 को सावरकर स्वदेश लौटे थे!'

पास ही जापानियों द्वारा स्थापित तोप भी दिख रही है। लगभग पचास वर्षों से यों ही लावारिस पड़ी है।

एक लाल 'डीजल-बोट' भक्-भक् करती गुजर रही है—रॉस द्वीप की तरफ।

धीरे-धीरे अंधकार अपने पाँव पसार रहा है। तेज हवा बाल बिखेर रही है। कपड़े उड़ा रही है। मैं भारी मन से उठता हूँ, आस-पास कुछ खोजता हूँ। फिर सागर की लहराती उत्तुंग लहरों की ओर इंगित कर पांडेजी से जिज्ञासा के साथ पूछता हूँ—शहीद महावीर सिंह का शव क्या यहीं फेंका गया था रात को?

कल तय हुआ था, सुबह रॉस द्वीप जाएँगे। रहस्य द्वीप!

अब साढ़े आठ बजने वाले हैं। हम 'फिनिक्स बे' पर खड़े हैं और प्रतीक्षा में है उस डीजल-बोट की, जो हमें रॉस द्वीप ले जाएगी।

ठीक सामने ही तो दिख रहा है, वह नन्हा सा द्वीप! नारियल के सघन वृक्षों से आच्छादित। इतना छोटा कि एक किनारे से दूसरे किनारे तक खरामा-खरामा टहलते हुए जाया जा सकता है।

द्वीप का मध्य भाग टीले की तरह कुछ उभरा-उभरा सा लगता है, शेष चारों ओर हलकी ढलान।

सेल्युलर जेल के निर्माण से पहले अधिकांश क्रांतिकारी कैदियों को यहीं लाकर, मुक्त-जेल की तरह पटक दिया जाता था। चारों ओर पानी-ही-पानी! आखिर भागकर जाएँगे भी कहाँ!

इस्पात की एक छोटी 'फेरी बोट' बंबू फ्लैट जेटी पर अभी-अभी आकर लगी है, जिसमें से पास के ही किसी दूसरे द्वीप से आए लोग भीड़ की शक्ल में एक साथ उतर रहे हैं। दिन में पोर्ट ब्लेयर में काम करके शाम को लौट जाएँगे। शायद यह इनकी रोज की दिनचर्या है।

यहाँ अनेक द्वीपों में इसी तरह आवागमन लगा रहता है। ये छोटी-छोटी फेरियाँ इन द्वीपों को जोड़ने के लिए चलते-फिरते पुलों का काम करती हैं।

पानी की बौछारों के कारण इस समय थोड़ी सी उमस महसूस हो रही है। यों आसमान काले घने बादलों से घिरा हुआ है, जैसे ही बादलों के किसी टुकड़े को चीरकर सूरज चमकता है, धूप झुलसाने सी लगती है। भूमध्य रेखा के निकट होने के कारण सूरज की लंबवत् किरणें तीखी चुभन का अहसास जगाती हैं।

सामने ही है माउंट हेरियट! कुछ लोग कहते हैं, इसके पास क्रांतिकारी कैदी शेर खाँ ने छुरे से आक्रमण कर लॉर्ड मेयो की हत्या की थी।

तभी एक फेरी-बोट पानी में फिलसती हुई हमारे सामने वाले किनारे पर रुकती है, जिससे हमें रॉस द्वीप जाना है।

भीड़ अधिक नहीं। बोट छोटी है, पर है सुंदर! भीतर जाने पर सब खुला-खुला सा दिखता है। यात्रियों के बैठने के लिए बनी बेंचों पर न बैठ हम चारों ओर का विहंगम दृश्य अपनी आँखों से अधिक-से-अधिक समेटने का लालच रोक नहीं पाते। बेल्जियम की एक महिला नन्हे बच्चे के साथ है। भारतीय नौसेना का यह अड्डा सैन्य-दृष्टि से बहुत संवेदनशील है। अतः सारा द्वीप नौसेना के अधीन है। ऐसे महत्त्वपूर्ण स्थलों में विदेशियों को मुक्त भाव से भ्रमण की छूट देना कहाँ तक उचित है!

फर-फर करती शीतल बयार बड़ी सुखद लग रही है, जैसे ही एक किनारा छूटता है, कुछ ही क्षणों बाद दूसरा निकट आ जाता है।

मात्र पंद्रह मिनट बाद उतरने की प्रक्रिया आरंभ हो जाती है।

नारियल ही नारियल! बीच-बीच में कहीं जटाधारी, विस्तारवादी वटवृक्ष! अपनी जड़ों के जाल दूर-दूर तक बिखेरे!

सचमुच बड़ा विचित्र है यहाँ का मौसम! अभी धूप, अभी पानी! पता नहीं चलता कब क्या होगा!

द्वीप में जैसे ही उतरकर किनारे से ऊँचाई की ओर बढ़ते हैं, सौ साल पुराना रॉस द्वीप कोलॉज की तरह एकाएक विभिन्न रूपों में उभरने लगता है। मेरी निगाहें उससे परे का, सदियों पुराना अतीत का रॉस खोज रही हैं, जब यह मात्र द्वीप था, अनाम, अपने अछूते प्राकृतिक रूप में।

जब नारियल के वृक्ष यहाँ नहीं लगाए गए थे, तब कँटीली झाड़ियों और स्वत: उगे जंगली वृक्षों के अतिरिक्त और क्या होगा यहाँ?

बाईं ओर का किनारा कुछ-कुछ समतल है। मुख्य भूमि में लाए कैदी यहाँ कैसे सिर छिपाकर रहते होंगे, पशुओं की तरह, वृक्षों के नीचे, एकदम खुले में?

इतनी वर्षा, घाम में इस तरह रहना कितना दुष्कर होता होगा! कहते हैं, सबसे पहले ब्लेयर जब इन द्वीपों में आया तो ये वन इतने घने थे, कँटीली बेलों, लताओं से घिरे, अंधकार में डूबे कि दिन-दोपहर नीचे बिना मशाल लिए प्रवेश कर पाना असंभव होता था।

उन दिनों यदि कोई वृक्ष काटा जाता तो वह जमीन पर न गिरकर अन्य वृक्षों की शाखाओं या जटाओं की तरह बिखरी मोटी-मोटी जड़ों के जाल में ही अटककर रह जाता था।

दिनांक 4 मार्च, 1858 को पाँच सौ कैदियों का पहला बेड़ा यहाँ भेजा, जिनमें अधिकांश कैदी स्वाधीनता सेनानी थे। चाथम में पेयजल की कमी के कारण उन्हें इस द्वीप में यों ही पशुओं की तरह छोड़ दिया गया था और जंगल साफ करने का कठोर काम उन्हें सौंपा गया था।

उन राजनीतिक क्रांतिकारियों में कई नवाब, जमींदार, बुद्धिजीवी, संपन्न घरों के लोग भी थे, जिन्होंने ऐसे कठिन काम की कभी कल्पना भी नहीं की होगी।

सन् 1857 के विद्रोह में दीनापुर छावनी का क्रांतिकारी सिपाही नारायण कालापानी की सजा काटने यहाँ भेजा गया था। एक-दो बार समुद्र में कूदकर भागने का प्रयास किया उसने, पर हर बार पकड़ा गया। अंत में अत्याचारों से तंग आकर इसी रॉस द्वीप में उसने फाँसी लगाकर मुक्ति प्राप्त की थी।

शायद इतनी अमानवीय यातनाएँ सेल्युलर जेल में भी बंदियों को नहीं दी गईं, जितनी इस खुली जेल में। दो-दो बंदियों को हथकड़ियों और बेड़ियों से एक साथ बाँधा जाता था।

इस तरह कैसे वे भोजन कर पाते होंगे? कैसे नहाते, सोते होंगे? नित्य-कर्म में भी कितनी कठिनाइयाँ होती होंगी?

इन्हीं यंत्रणाओं से परेशान होकर कई बंदी आत्महत्या कर लेते। कई मौका पाकर, रस्सी से दो-चार लट्ठे जोड़कर समुद्र की उत्ताल तरंगों में विलीन हो जाते। जून 1858 के अंत तक 773 स्वाधीनता सेनानी यहाँ और लाए गए, जिनमें 140 भाग गए। 147 भागने के अपराधस्वरूप मृत्यदंड के भागी बने। 64 बीमार होकर मर गए। ऐसे कितने ही थे, जिन्होंने इसी द्वीप में चुपचाप आत्महत्या कर ली थी।

अब हम किनारे-किनारे चलते जाते हैं।

पांडेजी मेरी ओर देखते हुए कहते हैं, 'ऐसे ही एक नाव जनवरी 1866 की एक शाम 'बहाई आंदोलन' के प्रमुख क्रांतिकारी कैदी मुहम्मद जफर थानेश्वरी और उनके कुछ साथियों को लेकर इस द्वीप के निकट आई थी। उन्होंने ब्रिटिश सरकार के विरुद्ध सशस्त्र विद्रोह किया था। जैसे ही यहाँ के कैदियों ने दूर से उन्हें देखा, वे खुशी से उछलते हुए लपककर किनारे की ओर बढ़े और उनकी नाव खींचकर रेत तक लाए। कालांतर में थानेश्वरी ने कालापानी में बीस साल की सजा पूरी की थी। सन् 1886

में वे जीवित अवस्था में थानेश्वर लौटने में सफल हुए थे···। यह स्वयं में एक और अचरज था।'

मैं चारों ओर निगाहें घुमाकर देख रहा हूँ। कैदियों और कैदियों के बाड़ों के यहाँ अब कोई चिह्न नहीं! सवा सौ साल का अंतराल क्या कम होता है?

सन् 1905 में सेल्युलर जेल बनने के बाद सारे कैदी यहाँ से हटा दिए गए थे। फिर एक नया अध्याय आरंभ हुआ इस द्वीप का।

इतना सुरक्षित! इतना सुंदर द्वीप!

अंग्रेजों ने कालांतर में इसे और सुंदर बनाने का अभियान आरंभ कर दिया। यहाँ के प्रमुख अंग्रेज अधिकारी आलीशान कोठियाँ बनाकर रहने लगे थे। कुछ ही समय में यह गुलजार हो गया, फिरंगियों की रंगरलियों से!

उस रंगीनी के अवशेष आज भी यत्र-तत्र धरती पर बिखरे हुए दिखते हैं।

तट से हटकर हम धीरे-धीरे ऊँचाई की दिशा में कदम बढ़ा रहे हैं। अब से साठ-सत्तर साल पहले का अदृश्य अनायास आँखों के आगे घूमने लगता है।

मार्ग के दोनों ओर इमारतों के अवशेष हैं। ईंटों की टूटी दीवारें बड़ के जैसे किसी पेड़ों की मोटी-मोटी जटाएँ कसकर जकड़े हुए हैं।

—यहाँ फरजंद अली का स्टोर था! बड़ी चहल-पहल रहती थी कभी!

—यह वर्कशॉप! यहाँ अंग्रेजों की बेकरी थी। ताजी-ताजी डबल रोटियाँ सिंकती थीं।

—यह जड़ों के जाल में लिपटा 'थिएटर-हॉल' है।

—यह पावर हाउस का पिचका हुआ बायलर, जंग लगा।

—दाहिनी ओर ब्रिटिश अधिकारियों के आलीशान आवास थे।

—सचिवालय के खँडहर!

—टूटी चर्च के बिखरे पत्थर। दीवारों के भीतर से बड़े-बड़े वृक्ष झाँक रहे हैं। लोहे के जंग लगे शहतीर आड़े-तिरछे बिखरे हैं।

—नारियल का झुरमुट!

—सड़क पर सर्वत्र काली काई। फिसलन भरी।

दो-चार कदम और ऊँचाई पर पहुँचकर देखते हैं—पेड़ों के पीछे सागर की मचलती लहरों का तांडव! सूर्य के प्रकाश में झिलमिलाता अंतहीन जल! एक लहर के बाद दूसरी। किनारे के पत्थरों से टकराती! किनारे पर फेनिल सफेदी! दूधिया झाग सा फैला है···

अब दोनों, नहीं-नहीं, चारों दिशाओं का सागर स्पष्ट दिख रहा है। एक ही स्थान पर खड़े होकर! एक मन-मोहक छवि!

सूखे पत्ते! झाड़ियाँ! वृक्ष!

अब हम काली पहाड़ी के शिखर पर हैं, हाथी जैसी पहाड़ी! कभी यहाँ पर अंडमान और निकोबार द्वीपों के मुख्य प्रशासक का आलीशान बँगला था। दो मंजिली इमारतों के भग्न अवशेष!

एक विशाल वटवृक्ष टूटी दीवारों को केकड़े के पंजों की तरह जकड़े हुए है। दीवारों के दोनों कोनों को जाल की तरह बाँधे हुए। शायद इसलिए यह हिस्सा अभी तक आसमान की ओर बाँहें फैलाए इस तरह तनकर खड़ा है।

कहीं पौधे दीवार पर उगकर दीवार को तोड़ डालते हैं, पर यहाँ पौधों की पकड़ के कारण ही ये चंद दीवारें इस तरह खड़ी हैं!

यह कैसा अद्भुत संयोग है!

चौरस आँगन! नहीं-नहीं, चादर की तरह खुले आसमान के नीचे बिछा रंगीन मोजाइक टाइल्स का फर्श अभी तक भी अपना रंग-रूप ज्यों-का-त्यों बनाए हुए है।

मैं अनुमान लगाता हूँ, कभी यह 'बॉल-डांस रूम' रहा होगा!

पाश्चात्य सुमधुर संगीत की लय में गौरांग अप्सराओं के सुडौल पाँवों की थिरकन से यह दूधिया रोशनी में नहाया विशाल कक्ष कितना जीवंत हो उठता होगा! यहाँ स्वादिष्ट नवरस भोजन की दावतें आयोजित की जाती होंगी, जब आस-पास ही यहाँ के अधिकाधिक निवासियों को दो वक्त की रूखी-सूखी रोटी भी उपलब्ध न हो पाती होगी, धूप-बरखा में दिनभर हाड़ तोड़ने के पश्चात् भी···!

पक्के फर्श पर हरी घास का कालीन बिछा है। सैंवार की छोटी-बड़ी अनेक दरियाँ!

लॉर्ड मेयो हत्या की रात यहीं ठहरा होगा! हत्या से पहले अंतिम बार भोजन यहीं किया होगा! यहीं कहीं एकाएक शोरगुल के बाद, एकदम अँधियारा।

मेयो का शव रक्त में डूबा!

स्थानीय न्यायालय भी यहीं पर था, पर कुछ ही समय बाद फैसला देने वालों के भाग्य का फैसला समय ने किस तरह किया, यह दूसरी बात है!

बीस कमरों वाले इस भव्य प्रासाद में मात्र अब दो-चार टूटी दीवारें, रंगीन फर्श और वृक्षों की बाँहों में सिमटा गोरे शासकों का पूरे दो सौ साल का रक्त-रंजित काला इतिहास!

अभी इसी सागर के किनारे कुछ क्षण रुके थे।

वहाँ पर घोर यंत्रणा देने के लिए सभी कैदियों को एक कतार में बिठलाकर, उनके डंडा-बेड़ी के बीच से लोहे की एक लंबी छड़ कसकर बाँध देते थे! उस हालात में उन्हें दस-दस घंटे तक लगातार काम करना पड़ता था। भूखे पेट! नंगे बदन, धूप में, घनघोर वर्षा में अपनी देह गलाने के लिए विवश होना पड़ता था···।

हाँ, इसी प्रासाद में तीन-चार दिन तक नेताजी भी ठहरे थे, जब इन द्वीपों की प्रभुसत्ता जापानियों ने उन्हें सौंपी थी। जब सेल्युलर जेल, परेड मैदान के साथ-साथ यहाँ पर भी तिरंगा फहराया गया था!

हम 'टेनिस कोर्ट-यार्ड' के बगल में खड़े होकर सागर का नजारा देखते हैं। नीला, स्वच्छ अंतहीन जल!

अब धीरे-धीरे पाँव नीचे की ओर बढ़ाते हैं उतरने की प्रक्रिया में। पश्चिमी मार्ग अपनाते हैं। शायद कोई और नया नजारा देखने को मिले, इस रहस्यमयी धरती में!

समीप ही कहीं नौसेना का 'पावर हाउस' छुक-छुक की ध्वनि के साथ शांत वातावरण की नीरवता भंग कर रहा है। सूखी बिखरी पत्तियों पर चलने से एक अजीब सी आवाज आ रही है।

पानी की खुले मुँह की टंकियों पर उग आए नन्हे पौधे अचरज से आसमान की ओर झाँक रहे हैं।

हरिणों का एक झुंड सामने से आ रहा है। हम दो पायों को देखकर भी चौंकता या घबराता नहीं! बस, यों ही देखे का अनदेखा कर निचली पगडंडी की दिशा में ओझल हो जाता है।

लगभग डेढ़ सौ साल पहले इनके पूर्वज मुख्य भूमि से यहाँ लाए गए थे। यहाँ मनुष्य के अलावा और कोई हिंसक पशु नहीं, इसलिए निर्द्वंद्व भाव से ये इस तरह भटक रहे हैं।

किनारे-किनारे चलते हुए हम अब अपने को पूर्वी तट पर खड़ा पाते हैं। कहते हैं, जिस दिन हिरोशिमा-नागासाकी पर परमाणु बम गिराया गया था, जिस दिन जापानियों ने आत्म-समर्पण किया था, उस दिन इसी किनारे के निकट अंग्रेजों ने एक जापानी युद्धपोत तारपीडो को डुबो दिया था। कहा जाता है कि गत वर्ष उसके अवशेष जापान का एक 'टगबोट' चुपचाप यहाँ आकर उठाकर ले गया था। क्या था उसमें, कोई नहीं जानता। अब तक वह गत 53 वर्ष सागर के सीने में चुपचाप समाया रहा, पर इधर सुना जा रहा है कि सिंगापुर से आ रहे इस जहाज में भारी मात्रा में सोना-चाँदी भरा था!

यह सारा द्वीप अब नौसेना के अधिकार में है।

सुबह!

सूरज अभी आँखें मलता हुआ काले-नीले बादलों से झाँक ही रहा होता है कि हम निकल पड़ते हैं।

दो स्वाधीनता सेनानियों की मजारें हैं यहाँ पोर्ट ब्लेयर के इस दक्षिणी तट पर!

अंडमान की लगभग आधी प्रदक्षिणा के पश्चात् धान के हरे-भरे लहलहाते खेतों को पार कर 'कार्बाइंस-बीच' की दिशा में हैं। धान के खेतों के पास स्वच्छ जल के छल-छल बहते बहुत से नाले हैं। कुछ पौधे गले-गले तक पानी में डूबे उत्सव की आह्लादित मुद्रा में अचरज के साथ इधर-ऊधर झाँक रहे हैं।

जल-ही-जल है चारों दिशाओं में!

ऐसी सरस धरती!

'कार्बाइंस-बीच' में कुछ क्षण ठिठकते हैं। अंडमान का यह सबसे सुंदर तट माना जाता है। नारियल के बगीचे, सुंदर होटल, अनेक विश्रामगृह! स्वच्छ, पारदर्शी जल! नीला, हरा, दूधिया।

ठीक समुद्र के बीच में दिख रहा है एक छोटा सा बित्तेभर का द्वीप! इसे 'स्नेक आइलैंड' यानी 'सर्प-द्वीप' नाम से भी संबोधित किया जाता है।

पृष्ठभूमि पर 'जान हटन' पहाड़ी! दक्षिणी अंडमान की दूसरी सबसे बड़ी चोटी!

सागर तट के किनारे-किनारे काली वज्र कठोर चट्टानों को काट-काट कर यह मार्ग बनाया गया है। सौंदर्य की दृष्टि से अनुपम!

कुछ किलोमीटर चलने पर पहाड़ी ढलान पर एक हलकी सी घाटी है—'साउथ प्वाइंट मजार!' प्रथम भारतीय स्वाधीनता संग्राम के दो पुरोधा यहाँ चिरनिद्रा में सोए हैं।

मौलवी फजलुल हक खैराबादी!

मौलवी लियाकत अली!

खैराबादी सीतापुर के थे। सन् 1857 की क्रांति के समय वे अंग्रेजी फौज में मुलाजिम थे। दिल्ली में विदेशी हुकूमत के सफाए की योजना उन्होंने ही बनाई थी। पर आखिर में दिल्ली पर जब अंग्रेजों का फिर से आधिपत्य हो गया तो वे छिपकर खैराबाद चले गए...।

खैराबाद से गिरफ्तार कर उन्हें वापस दिल्ली लाया गया और उन पर मुकदमा चला। आजीवन कालापानी का दंड देकर उन्हें अंडमान भेजा गया।

ये सुप्रसिद्ध उर्दू शायर मिर्जा गालिब के दोस्त थे और खुद भी शायरी का शौक रखते थे। इनके साहबजादे शम्सुल हक ने अपने वालिद साहब को कालापानी से वापस लाने के लिए क्या-क्या नहीं किया? वर्षों तक ब्रिटिश हुकूमत से कानूनी लड़ाइयाँ लड़ते रहे।

खैराबादी साहब सन् 1857 के तुरंत बाद कालापानी भेजे गए थे। तब से

लगातार बारह वर्षों तक उन्हें मुक्त कराने के लिए संघर्ष चलता रहा। शम्सुल हक स्वयं इंग्लैंड गए। 'प्रिवी-काउंसिल' तक मामला उठाया। वहाँ से खुद रिहाई का फरमान लेकर, कलकत्ता होते हुए पानी के जहाज से अंडमान पहुँचे।

जहाज से उतरकर वे पोर्ट ब्लेयर के बाजार से होकर गुजर ही रहे थे कि सामने एक जनाजा जाता दिखलाई दिया। उसमें वे भी शामिल हो गए।

अभी कुछ ही कदम आगे बढ़े तो जिज्ञासा के साथ उन्होंने पूछा, 'किसका जनाजा है यह?'

किसी ने उत्तर दिया, 'जनाब फजलुल हक खैराबादी का!'

फरमान उनके हाथ में धरा-का-धरा रह गया।

चुपचाप वे सिर झुकाए जनाजे के साथ-साथ चलते रहे।

यों अंतिम बार वालिद साहब से मिलकर वे खाली हाथ लौट आए अपने घर!

बाद में लोगों ने वहाँ पर अच्छी सी मजार बनाई जहाँ पर बृहस्पतिवार को, हर मजहब, हर समुदाय के श्रद्धालु फूल चढ़ाते हैं, मन्नतें माँगते हैं।

इन्हीं के पास लेटे हैं—इलाहाबाद निवासी मौलवी लियाकत अली! इन्होंने इलाहाबाद में विद्रोही सेना का नेतृत्व किया था। अंग्रेजों के विरुद्ध जो व्यूह रचना की थी, उससे चारों ओर ऐसी दहशत फैली कि बिना लड़े ही फिरंगियों की फौजें पीछे हटने लगी थीं।

पर अंत में जीत अंग्रेजों की ही हुई तो इन्होंने भागकर हज-यात्रा की योजना बनाई, लेकिन दुर्भाग्य से रास्ते में ही पकड़ लिए गए।

दोनों मजारें साथ-साथ हैं।

मजार के किनारे पीपल का एक वृक्ष है! वह मजार को न तोड़ता हुआ, किनारे-किनारे चला गया है, यह कैसा चमत्कार है!

एक और तीर्थ है—हंफ्री गंज! सोलह किलोमीटर दूर, पश्चिम की दिशा में!

रास्ते में लाल छत्तों वाले घर हैं। पेड़ कम, धान के खेत अधिक।

छोटी-छोटी हलकी घाटियाँ हैं, केले के लंबे पौधे, सारी-की-सारी

पहाड़ियाँ नारियल के वृक्षों से आच्छादित!

'सीपी-घाट' शायद पीछे छूट गया है। 'राधा-कृष्ण मंदिर' है सामने। अंग्रेजी में अंकित है—'चर्च ऑफ गॉड'।

आदमी से भी ऊँची-ऊँची घास।

अनेक घुमावदार रास्तों को पार कर हम धीरे-धीरे ऊँचाई की ओर बढ़ रहे हैं पहाड़ी की पीठ की तरफ।

सीमेंट के एक बड़े द्वार के पास हलके से झटके से गाड़ी रुकती है। दाईं ओर दीवार पर लिखा है—'हंफ्री गंज'!

गाड़ी द्वार पर छोड़कर, गेट पार करके कुछ और कदम आगे बढ़ाते हैं, हथेली सी ऊँचाई की तरफ!

यहाँ झाड़-झंखाड़ अधिक हैं, इसलिए रास्ता खोजने में कुछ कठिनाई होती है।

बाईं ओर ठीक सामने चमकीले कत्थई पत्थर का पिरामिडनुमा एक ऊँचा स्मारक है, इसमें 43 शहीदों के नाम अंकित हैं। मेरे साथ पांडेजी हैं, इस अंडमान यात्रा में वे निरंतर साथ निभा रहे हैं। अंडमानवासी हैं, अतः यहाँ की हर बात से सुपरिचित हैं।

वह बतलाते हैं, 'सुबह की झुरमुट में एक दिन जापानी इन्हें सेल्युलर जेल से एक ट्रक में लादकर यहाँ लाए थे। यहाँ पर एक बड़ा सा गड्ढा इन्होंने पहले ही खुदवा रखा था। सिपाहियों ने सभी निरपराध, निरीह भारतीयों को एक कतार में खड़ा किया और तड़ातड़ गोलियों की बौछार कर उन्हें हमेशा के लिए गहरी नींद में सुला दिया।'

कहते-कहते उनका स्वर भारी हो आता है। एक नाम पर अंगुली रखकर वे चुप हो जाते हैं।

दया शंकर पांडे!

'ये मेरे पिताजी थे…।'

'इंडियन इंडिपेंडेंस लीग' के संगठन सचिव!

'ये सब जब हत्या के लिए यहाँ ले जाए जा रहे थे।' पांडेजी कहते

हैं, 'अपनी माँ के साथ सेल्युलर जेल के फाटक पर हम बच्चे सहमे हुए खड़े थे। जैसे ही भागते हुए खुले ट्रक पर पिताजी की झलक देखी, माँ दहाड़ मारकर रो पड़ीं। हम छोटे बच्चे भी खूब चीखे-चिल्लाए! ट्रक के पीछे-पीछे रोते हुए भागे।

'पर, तब तक ट्रक धूल उड़ाता हुआ ओझल हो गया था।'

झाड़ियों के बीच, आस-पास फूल के कुछ पौधे दिख रहे हैं। बोगनबेलिया की झाड़ियाँ। कुछ फूल चुनकर हम स्मारक पर चढ़ाते हैं।

लौटते समय पांडेजी कहते हैं, 'जासूसी के संदेह में पगलाए जापानियों ने न जाने कितने निरपराध लोगों की इस तरह हत्याएँ कीं!' वे सामने की ओर देखते हैं, अविचल हैं 'जब यह 'स्मारक स्तंभ' बना, उस दिन सिर मुँड़ाकर मैंने सभी 43 शहीदों का यहाँ पर तर्पण किया था...।'

नाजियों के जैसे थे जापानियों के अमानवीय अत्याचार! उन्होंने भी कम कहर नहीं ढाए निहत्थे भारतीयों पर!

दूसरा विश्वयुद्ध चरम पर था। जापानी सेनाएँ बर्मा को रौंदती हुई कोहिमा तक पहुँच गई थीं। परंतु राशन और संसाधनों की कमी के कारण अनेक समस्याएँ उठ खड़ी हो रही थीं। उनके कंधे-से-कंधा मिलाकर लड़ने वाली 'आजाद हिंद फौज' की टुकड़ियों के सामने भी यही समस्या थी। इंफाल की ओर बढ़ते समय जंगलों में कंद-मूल और पत्तियाँ तक खाने की स्थिति पैदा हो गई थी।

परंतु सबसे विकट स्थिति थी—अंडमान द्वीप समूहों की। राशन कहाँ से आए? ब्रिटिश शासन ने भारत की ओर से पहले ही घेराबंदी कर रखी थी। नाममात्र के जो अन्न-भंडार थे, धीरे-धीरे वे समाप्ति के कगार के निकट आ पहुँचे थे।

जापानियों ने सबसे पहले राशन अपने लिए रखा और अपने सैनिकों के लिए। इसके बाद जो बचा, वह अपने सहयोगी भारतीय कर्मचारियों के लिए। पर, शेष अन्य लोगों के लिए कुछ भी बच न पा रहा था। इस अन्य में सारी जनता थी।

इन्हीं विकट समस्याओं को देखते हुए उन्होंने योजना बनाई 'राउंड-अप ऑपरेशन' की।

इस कार्यक्रम के अंतर्गत जुलाई के अंत तक लोगों को इकट्ठा करने का काम शुरू हो गया था। 3 अगस्त तक सात सौ लोग एकत्र किए जा चुके थे, इसमें मुख्य रूप से बूढ़े, स्त्री-पुरुष, बच्चे थे। सेल्युलर जेल से एक दिन पुलिस की बंद गाड़ी में इन्हें 'अपरडीन जेटी' तक ले जाया गया। इसके लिए सुरक्षित समय, शाम का तय किया गया।

घाट पर तीन बोटें पहले से ही खड़ी थीं। संगीन की नोक पर सबको एक कतार में खड़ा करके बिठलाया गया। रात के आठ-नौ बजे तक यह सारा काम पूरा हो गया। मध्य-रात्रि के समय जब सारा संसार सोया था, ये तीनो बोटें चुपके से हैवलॉक द्वीप की दिशा में आगे बढ़ीं। तीस मील की दूरी तय करने में कितना वक्त लगता!

जैसे ही द्वीप का किनारा निकट आया, जापानी सैनिकों ने सबको पानी में कूदने का आत्मघाती आदेश दिया! जब वे इस तरह कूदकर मरने से हिचकिचाने लगे तो उन्होंने संगीनों से धकेल-धकेलकर जबरदस्ती पानी में फेंक दिया।

बोटें जब खाली हो गईं तो मशीनगनों से उन पर लगातार गोलियाँ बरसाई जाने लगीं।

इसके बावजूद मरे-अधमरे घायल जो कुछ बचे रह गए थे, इन्हें अब किस तरह से समाप्त किया जाए?

उन्होंने इस्पात की भारी-भरकम तीनों बोटों को उनके ऊपर गोलाई में घुमा दिया! बोटों के तले पर लगे जल काटने के लिए बने धारदार तेज पंखों से कट-कटकर लाशों के खून से सने, छोटे-छोटे टुकड़े समुद्र की सतह पर तैरने लगे। किनारे का सारा पानी लाल हो आया!

इस सबके बावजूद सौ-सवा सौ लोग घायलावस्था में, किसी तरह किनारे तक पहुँचने में सफल हो पाए थे। शायद सघन अंधकार के कारण जापानियों की खूनी निगाह से बच गए थे···!

कहा जाता है कि रेत पर कटे हुए शवों का अंबार लगा था।

जन-शून्य द्वीप, पेड़, कँटीली झाड़ियाँ, कहीं कोई किनारा नहीं। रोज होने वाली बारिश में, धूप में खुले आसमान के नीचे भूखे-प्यासे वे अभागे कब तक जी पाते?

धीरे-धीरे एक-एक करके सब दम तोड़ने लगे।

इन्हीं दिनों कहा जाता है कि बहुत से बर्मी आश्रय की खोज में समुद्र में बेड़ा बनाकर भाग रहे थे। जब वे भटकते हुए यहाँ उतरे तो उनमें से कुछ इन मरणासन्न लोगों को मारकर इनके शरीर पर जो सामान शेष दिखा, उसे ही झपटकर भाग निकले थे!

अंत में जो शेष बारह-तेरह लोग बच गए थे, वे भी भूख-प्यास से तड़प-तड़पकर, एक-एक कर दम तोड़ने लगे।

जब उनके प्राण निकलने लगे, खाने को कुछ दिखा नहीं तो कहा जाता है कि भूख से पगलाए वे लोग मरते हुए साथी को मारकर उसका मांस खाने लगे!

दो ही आदमी अंत में ऐसे बचे थे, जिन्हें जापान के समर्पण के पश्चात् ब्रिटिश खोजी दल द्वीप में जीवित अवस्था में अंडमान लाया था।

देवी प्रसाद और सौदागर!

उन्हें मरे भी अब अरसा हो गया।

6 या 7 अगस्त को फिर इसी तरह से पाँच सौ आदमी और इकट्ठा किए गए। लगभग पैंतीस किलोमीटर दूर 'तारमुगली द्वीप' में उन्हें ले जाया गया। इस बार पेड़ों से बाँधकर उन्हें गोली से भूना गया था।

इसी तरह 15 अगस्त को भी ऐसी ही एक और दानवीय क्रूर खूनी योजना थी, अंडमान से बीस-पच्चीस किलोमीटर दूर 'टायलर घाट' में। तीन सौ बूढ़ों-बच्चों को चुना गया। 14 अगस्त को ये लोग जमीन के अंदर बनाई एक विशाल बंकर में ठूँस दिए गए।

दूसरे दिन इन्हें ले जाना था—मृत्यु के घाट। किंतु 15 अगस्त को जापानियों के समर्पण के पश्चात् फिर कुछ करना संभव न रहा। पर हाँ,

जापानियों ने जाते-जाते एक काम अवश्य किया। बंकर में हवा के लिए जो वेंटीलेटर बनाया गया था, उसे भली-भाँति बंद कर दिया।

उसी बंकर में सभी प्राणी हमेशा-हमेशा के लिए दफन हो गए।

श्री गौरीशंकर पांडे के परदादा सन् 1872 में उत्तर प्रदेश से यहाँ आए थे और बाद में स्थायी रूप से यहीं बस गए।

'मेरे दादा प्रथम विश्वयुद्ध में ब्रिटिश सेना में भरती होकर बसरा गए थे, पर युद्ध समाप्त होने पर फिर अंडमान नहीं लौटे, बनारस में साधु बन गए थे। मेरे पिताजी उन्हें बुलाने बनारस गए, परंतु उन्होंने मना कर दिया। वे दिन-रात पूजा-पाठ में लीन रहते थे। परिवार से एक प्रकार से सारे संबंध धीरे-धीरे सदा के लिए उन्होंने तोड़ लिए थे…।

'पिताजी स्वाधीनता संग्राम से जुड़ गए थे, नेताजी के गहरे अनुयायी थे। जापानियों ने जासूसी के संदेह में उन्हें बहुत सी यातनाएँ दीं। तीन महीने तक 'ट्रायल' और 'टॉर्चर' का सिलसिला चलाए रखा। अम्मा को भी संदेह में तीन बार जेल में रखा। इसी दौर में जापानियों ने सेल्युलर जेल में 19 भारतीयों को गोली से भून दिया था। 22 मार्च, 1942 को जिस दिन जापानी यहाँ आए, हमारा घर जलाकर राख कर दिया था। फिर हंफ्री गंज में पिताजी की हत्या…!'

स्वाधीनता के पश्चात् एक नए अंडमान का नव-निर्माण हुआ!

बाद में भी कुछ समय तक सामान्य लोग यहाँ जाना, एक प्रकार से 'कालापानी' ही समझते थे, पर धीरे-धीरे उस सोच में परिवर्तन हुआ। आज अंडमान एक सौंदर्य भूमि का प्रतीक बन गया है। एक नई संस्कृति ने जन्म लिया है यहाँ! मिली-जुली संस्कृति, समन्वय की संस्कृति! एक ही परिवार में हिंदू भी, मुसलमान भी, ईसाई भी। जाति, धर्म, भाषा, प्रदेश के भेद क्या होते हैं, ये नहीं जानते!

बंगाल, बिहार, उड़ीसा, उत्तर प्रदेश, पंजाब, कर्नाटक, केरल, तमिलनाडु आदि प्रायः सभी राज्य के लोग रहते हैं यहाँ। विभिन्न भाषा-भाषी लोग परस्पर बातचीत किस भाषा में करें, इस समस्या का सरल समाधान स्वतः

निकल आया। हिंदी ही यहाँ आज सबकी भाषा है। अपनी भाषा!

इस अपराधियों के दंड-द्वीप में अब अपराध नहीं के बराबर होते हैं, यह कम आश्चर्य की बात नहीं! उस दिन 'आकाशवाणी' के निदेशक श्री खान चुनौती के स्वर में कह रहे थे, 'यहाँ अपनी कमीज के सामने वाली पारदर्शी जेब में आप तीन-चार लाख रुपए के नोट लेकर सारा द्वीप अकेले घूमिए। आधी रात के बाद अपने डेरे पर लौटिए, आप और आपके नोट सही-सलामत होंगे। पर क्या आप दिल्ली में भी रात-आधी रात ऐसे ही निर्द्वंद्व भाव से घूम सकते हैं?'

शायद इन्हीं कारणों से यहाँ के अधिकांश लोग जो कुछ अरसे से यहाँ रह रहे हैं, अब लौटकर मुख्य भूमि नहीं जाना चाहते!

मैं पांडेजी से हँसी-हँसी में पूछता हूँ, 'आप मुख्य भूमि में नहीं रहना चाहते?'

वे जोर से हँस पड़ते हैं। 'मैं यहीं पैदा हुआ, मेरे पिता, दादा की भी पैदाइश यहीं की है। हमारे लिए अब यही स्वर्ग है।'

यहाँ के हाट-बाजार, यहाँ के गाँव, यहाँ के लोग एक अलग पहचान लिये हुए हैं। इतनी समृद्ध, संपन्न धरती शायद ही शेष भारत में कहीं दिखने को मिले!

आवश्यकता है आज इनकी बस्तियों को सुव्यवस्थित वैज्ञानिक ढंग से बसाए जाने की। यहाँ की आवश्यकताओं के अनुरूप स्वच्छ, सुंदर कस्बो और गाँवों की नई संरचना की। अच्छे वास्तुशिल्पियों की भारत में कमी नहीं। उनकी सेवाओं का भी लाभ उठाया जाना चाहिए!

ये द्वीप अभी स्वच्छ हैं, निर्मल हैं। इनकी पवित्रता को निरंतर बनाए रखना अनिवार्य है।

देश के स्वाधीनता संग्राम में जिन देशभक्तों ने अपनी आहुति दी, सेल्युलर जेल की इन काल-कोठरियों को समाधि-लोक में परिवर्तन कर, इस उपेक्षित, अभिशप्त भूमि को भारत के पवित्रतम तीर्थ में परिवर्तित कर दिया, उन्हें शत-शत नमन कर, विमान की ओर बढ़ता हूँ।

विमान से पूरा अंडमान दीवार पर टँगे रंगीन चित्र जैसा लगता है।

सेल्युलर जेल की मिट्टी, हंफ्री गंज के मुरझाए फूल मैं सौगात की तरह लाया हूँ। मुझे लगता है—

फज़लुल हक खैराबादी का अंडमान, मौलवी लियाकत अली का अंडमान, बारींद्र घोष का अंडमान, वीर सावरकर का अंडमान, नेताजी का अंडमान मैं साथ-साथ लिए आ रहा हूँ। नानी गोपाल, बाबा भानसिंह, महावीर सिंह जैसे सैकड़ों अनाम देशभक्तों की शहादत कभी व्यर्थ नहीं जाएगी! इनकी पावन चरण-रज से एक नया भारत जन्म लेगा।

(सन् : 1997)

□

सागर तट की मशाल

चारों ओर बर्फ है। बर्फ-ही-बर्फ! पेड़, पहाड़, मैदान सब पर बर्फ की सफेद चादर बिछी है। हाँ, सड़कें साफ हैं, शायद इसलिए यातायात दिन-रात चलता रहता है, अबाध गति से।

अभी कुछ घंटे पहले मास्को हवाई अड्डे पर विमान बदलते समय कुछ क्षण पहले आसमान के नीचे रहे। लगातार हिमपात हो रहा था। तापमान था शून्य से चार डिग्री कम!

पिछले वर्ष भी इन्हीं दिनों ओस्लो यानी नॉर्वे की राजधानी आया था। इतना अधिक हिमपात नहीं था, दिसंबर के महीने में भी इतनी सर्दी का अहसास नहीं हुआ।

अभी सुबह के दस बज रहे हैं, पर चारों ओर अभी तक भी अँधियारा धुंध की तरह बिखरा है। अँधियारे के कारण मायूसी के जैसा वातावरण है। गहरे डिप्रेशन का।

मैं युद्धभूमि में जाने की तरह कपड़ों के ऊपर कपड़े पहनकर पूरी तरह अपने को ढँककर बर्फ की फुहारों से बचने के लिए हाथ में छतरी लिए बाहर निकलता हूँ। बाहर का तापमान शून्य से बहुत कम लगता है।

हलकी सी चढ़ाई है। यद्यपि बीच सड़क पर बर्फ नहीं, परंतु किनारे पर जमी बर्फ शीशे की तरह ठोस हो गई है। इस पर रपटने के कारण कई दुर्घटनाएँ प्रतिदिन होती रहती हैं। वर्ष भर में सबसे अधिक संख्या में वृद्धों की

मृत्यु इसी मौसम में होती हैं! प्राय: घुटनों की हड्डियाँ टूटने के पश्चात् फिर से जुड़ नहीं पाती!

घर से कुछ ही सौ गज की दूरी पर है 'दायखमान लाइब्रेरी' जो नॉर्वे की सबसे पुरानी लाइब्रेरी मानी जाती है। यहाँ आने पर मेरा बहुत सा समय इसी पुस्तकालय के सान्निध्य में व्यतीत होता है।

अब से लगभग 22 साल पहले मैं जब सबसे पहले नॉर्वे आया था तो कई मित्रों के साथ-साथ इसी पुस्तकालय से भी परिचय हुआ था। इससे हुई मैत्री में आज तक कोई व्यवधान नहीं आया।

चलते-चलते अनेक चेहरे चलचित्र की तरह मेरी आँखों के आगे घूम रहे हैं। एक हँसता हुआ चेहरा हरचरन चावला का है, जो नॉर्वे में उर्दू के सुविख्यात लेखक ही नहीं, इस पुस्तकालय में हिंदी, उर्दू, पंजाबी आदि भाषाओं के विभागों के अध्यक्ष भी थे।

24 जून, 1982 को जब मैं सबसे पहले नॉर्वे आया था तो चावलाजी मुझे लेने हवाई अड्डे तक आए थे और सीधे अपने घर ले गए थे। उनकी धर्मपत्नी पूर्णिमाजी ओस्लो में हिंदी की अध्यापिका ही नहीं, हिंदी की कवयित्री भी थीं।

मुझे ओस्लो विश्वविद्यालय में डेढ़ महीना रहना था, परंतु मेरा अधिकांश समय आप्रवासी भारतीयों के बीच ही बीतता था। चावलाजी के घर पर भारतीय, पाकिस्तानी, बांग्लादेशी आप्रवासी लेखकों, साहित्य-प्रेमियों की गोष्ठियाँ होतीं। गंगा-जमुनी संस्कृति का अनोखा संगम रहता।

उन दिनों विदेशी मुद्रा का घोर संकट था। एक निश्चित अल्प राशि के अलावा बाहर कुछ भी ले जाने की अनुमति नहीं मिलती थी! एक दिन चावलाजी पुस्तकालय के निदेशक के पास मुझे ले गए। अंग्रेजी में लिखा मेरा जीवन-वृत्त उन्हें पढ़ने को दिया और बोले, "हम प्रतिवर्ष भारत से पुस्तकें मँगाते हैं, पुस्तकालय के लिए। क्या यह नहीं हो सकता कि इनकी पुस्तकों के कुछ सेट हम इनसे खरीद लें और क्रोनर या डॉलर में उनका भुगतान इन्हें यहीं कर दें? हमें उचित मूल्य पर पुस्तकें मिल जाएँगी, इनकी विदेशी मुद्रा की समस्या हल हो जाएगी"।

पुस्तकें आईं और भुगतान भी हो गया।

चावलाजी हर तरह से ध्यान रखते। यदा-कदा गोष्ठियाँ करवाते। इन सब का अपार स्नेह देखकर मैं अभिभूत था। वे हिंदी में ओस्लो से 'परिचय' तथा 'पहचान' पत्रिकाएँ प्रकाशित करते थे। उनके लिए उन्होंने मेरी रचनाएँ लेकर अग्रिम भुगतान करवा दिया। विश्वविद्यालय में अनुकूल भोजन नहीं मिलता था। पर जब भी चावला-दंपती मिलने आते, घर का बना भोजन अवश्य ले आते!

नॉर्वे ही नहीं, यूरोप के सबसे बड़े समाचार-पत्र 'ऑफ्रटन पोस्टन' में उन्होंने मेरा साक्षात्कार प्रकाशित करवाया! मेरी एक कहानी 'समुद्र और सूर्य के बीच' का नॉर्वेजियन अनुवाद भी।

मैं पुस्तकालय के बर्फ से ढके प्रांगण में खड़ी इस प्राचीन भव्य इमारत को देख रहा हूँ, जो दो सौ वर्ष से भी अधिक पुरानी होगी। बड़े-बड़े संगमरमरी पत्थरों की सीढ़ियाँ हैं। द्वार के निकट पहुँचने से पहले ही शीशे के पारदर्शी विशाल कपाट स्वयं खुल जाते हैं।

आज मैं अजनबियों की तरह इस पुस्तकालय में प्रवेश करता हूँ तो सब रीता-रीता सा लगता है। चावला-दंपती को गुजरे अब तीन वर्ष हो गए, पर उनकी अनेक मधुर स्मृतियाँ वहाँ के दरवाजों, दीवारों और पुस्तकों के धूमिल होते पृष्ठों पर आज भी अंकित हैं। मैं उस कक्ष में आता हूँ, जहाँ हिंदी की पुस्तकें सजाकर रखी गई हैं। पहले सैकड़ों पुस्तकें हुआ करती थीं, जिनकी संख्या धीरे-धीरे सिमटने लगी है। गत वर्ष की अपेक्षा इस वर्ष और कम है। वहाँ के इंचार्ज से पूछता हूँ तो वह बतलाती हैं कि कुछ भाषाओं के पाठकों की संख्या कम होने के कारण धीरे-धीरे उन्हें बंद करने की सोच रहे हैं। इनमें जापानी, वियतनामी, टर्किश, हिंदी आदि भाषाएँ हैं, जिनके पाठक सीमित संख्या में रह गए हैं।

पुस्तकें उलट-पुलटकर देखता हूँ—तुलसीदास कृत 'रामचरितमानस' है। डॉ. कृष्णदत्त पालीवाल की पुस्तक 'जापान प्रवास के संस्मरण', कमलेश्वर की 'कितने पाकिस्तान', मनोहर श्याम जोशी की 'कसप', चित्रा मुद्गल की 'आवां' आदि के अलावा ऋता शुक्ल, मृदुला गर्ग, राजी सेठ, धर्मवीर भारती,

रामदरश मिश्र, विद्यानिवास मिश्र आदि की रचनाएँ।

भीतर गरम है। अच्छा लग रहा है, पर वहाँ का अपरिचित सा वातावरण धीरे-धीरे असह्य होता चला जा रहा है। समय के साथ-साथ कितना कुछ नहीं बदल जाता!

मैं बाहर आता हूँ, भारी-भारी कदमों, उदास मन से। एक-एक कर सारी सीढ़ियाँ उतर गया हूँ, स्वचालित यंत्र की तरह।

छतरी ताने मैं फिर बर्फ पर खड़ा हूँ।

अब मेरे पाँव फिर ढलान की ओर बढ़ रहे हैं सामने की दिशा में। बर्फ के ऊपर पत्थरों की काली एक लकीर सी चली गई है। हलके से आँगन को चीरकर बना यह रास्ता मुझे एक आठ मंजिली इमारत के आगे खड़ा कर देता है—पुस्तकालय से दो-तीन सौ गज से भी कम दूरी पर।

यह नॉर्वे के प्रधानमंत्री का कार्यालय है।

छत पर हेलिकॉप्टर के उतरने के लिए हेलिपैड भी बना हुआ है! परंतु आश्चर्य की बात है कि चौराहे पर खड़ी इस महत्त्वपूर्ण इमारत के आसपास दूर-दूर तक कहीं कोई सिपाही नहीं दिखता। जैसे आसपास की अन्य इमारतें हैं, उसी तरह एक इमारत यह भी है। चारों तरफ बड़ी-बड़ी सड़कें हैं, लोग आराम से आ-जा रहे हैं। पर कहीं से भी आभास नहीं होता कि यह प्रधानमंत्री कार्यालय है।

लगभग ऐसी ही स्थिति कॉलजुहान रोड पर भी है, जिसके उत्तरी छोर पर नॉर्वे नरेश का राजमहल है।

बाजार से होता हुआ मैं कॉलजुहान रोड पार करता हूँ, जहाँ सड़क के किनारे बने विशाल कक्ष में शांति का नोबेल पुरस्कार प्रदान किया जाता है।

इसके ठीक सामने लगभग तीन सौ साल पुराने 'नेशनल थिएटर' के प्रांगण में हेनरिक इब्सन तथा नॉर्वे के राष्ट्रकवि ब्यौंसन की विशाल प्रतिमाएँ हैं!

वह देखो, दूर से ही मुझे 'आकेर ब्रेग्गे' दिखलाई दे रहा है। नॉर्वे आऊँ और आकेर ब्रेग्गे न जाऊँ, यह भी कहीं हो सकता है!

मैं अनायास उस दिशा में मुड़ जाता हूँ।

सागर का जल झिलमिला रहा है। तट पर कई नन्हे-नन्हे जहाज लंगर डाले खड़े हैं, ऊँघते हुए जैसे। यहीं से जलपोत कोपन हैगन जाते हैं! ओस्लो के आस-पास के द्वीपों में भी।

इन दो दशाब्दियों में कितना कुछ नहीं बदल गया! नॉर्वे की अपार समृद्धि के साथ-साथ सारा शहर एक नए रूप में अपनी पहचान बना रहा है। आकेर ब्रेग्गे भी एक नया आकेर ब्रेग्गे है अब!

घड़ी इस समय दिन के दो बजा रही है। सूर्य ढल रहा है। क्षितिज पर लालिमा है। दो बजे सूर्यास्त!

बर्फीली ठंडी हवा के थपेड़े सहता हुआ धीरे-धीरे मैं आगे बढ़ रहा हूँ। चकित हूँ सागर तट पर उगे इस नए नगर को देखकर! इस घिरते अँधियारे में अब अकेला भटक रहा हूँ, कुछ टटोलता-खोजता हुआ।

हाँ, शायद यही तो वह जगह थी, जहाँ इस्पात की बनी एक नाव दिन-रात खड़ी रहती थी लहरों से हिचकोले खाती हुई। जिस पर रोमन लिपि में 'शांति' लिखा हुआ था, जिसके ऊपर भारत का राष्ट्रीय ध्वज तिरंगा फहराया करता था। शेष बोटों पर नॉर्वेजियन या डेनिश!

दो-तीन कमरों की यह बोट स्थायी निवास थी नॉर्वे के बहुचर्चित कवि अक्सेल जैंसन की। स्वीडन से स्थायी रूप में नॉर्वे आने पर जैंसन ने मकान के बदले यह एक बोट खरीद ली थी। जैंसन का घर-संसार इसी में सिमट आया था।

उनकी पत्नी प्रतिभा जैंसन भारतीय थीं। भारत के प्रति जैंसन का गहरा लगाव रहा। वे यूरोप में वेदांत के बहुत बड़े व्याख्याता थे। उनकी गहन दार्शनिक कविताओं ने आधुनिक नॉर्वेजियन कविता को नया आयाम दिया। उन्होंने संपूर्ण भारत का परिभ्रमण किया था! वाराणसी, प्रयाग, रामेश्वरम आदि तीर्थों की भी यात्राएँ कीं। 'मूर इंडिया' यानी 'भारतमाता' शीर्षक से भारत-यात्रा के संस्मरणों को भी इसमें सहेजा था।

जैंसन परिवार के साथ बिताए क्षण याद आ रहे हैं। सन् 1983 में उन्होंने

'विश्व साहित्य सम्मेलन' का आयोजन किया था, जिसमें शामिल होने के लिए मुझे भी आमंत्रित किया था। मेरा पहला कविता-संग्रह 'अग्निसंभव' सन् 1981 में प्रकाशित हुआ था। सन् 1982 में जब मैं पहली बार नॉर्वे गया तो पूर्णिमाजी ने मेरे आगमन के अवसर पर कुछ नॉर्वेजियन तथा भारतीय, पाकिस्तान मूल के लेखकों को रात्रिभोज पर आमंत्रित किया था। वहीं अक्सेल जैंसन-परिवार से परिचय हुआ था।

भारत लौटते समय वह काव्य-संग्रह मैं पूर्णिमाजी को दे आया था। पूर्णिमाजी ने उसे पढ़ने के लिए प्रतिभाजी को दिया। प्रतिभाजी ने उसका नॉर्वेजियन में रूपांतर करके अक्सेल जैंसन को सुनाया तो जैंसन ने कहा कि अगले वर्ष इसी साहित्यकार को हम भारत से आमंत्रित करेंगे।

और सचमुच अगले वर्ष उन्होंने मुझे आमंत्रित किया। भारत से बंगाल के 'बाउल-नृत्य' वालों को भी बुलाया, जानी-मानी नृत्यांगना प्रोतिमा बेदी को भी। तब इसी बोट पर उन्होंने भारतीय भोजन के लिए हमें कई बार आमंत्रित किया था। हम घंटों उनके साथ बैठकर बहसें किया करते थे।

मैं अँधियारे में टटोलता हुआ उस स्थान पर जाता हूँ, जहाँ वह बोट खड़ी रहती थी। अब वहाँ पर नन्ही-नन्ही कई नावें थीं। अमित ने बतलाया कि कुछ वर्ष पहले वे लोग ओस्लो छोड़कर दक्षिणी नॉर्वे में स्थित क्रिस्तियांसन शहर में चले गए थे। वर्षों तक बीमार रहने के बाद अक्सेल जैंसन का देहांत हो गया है।

अक्सेल अब नहीं, पर अभी भी अपने आत्मीय जनों की स्मृति में जीवित हैं। अक्सेल जैंसन को मौन श्रद्धांजलि अर्पित कर मैं उस तट के अंतिम छोर की ओर बढ़ता हूँ, जहाँ सागर तट पर दूर तक मशाल सी प्रज्वलित हो रही है।

जिस तरह राजघाट में राष्ट्रपिता की समाधि पर अमर ज्योति जलती रहती है, उसी तरह चाँदी के से चमकीले शुभ्र कमल पुष्प की पँखुड़ियों के बीच एक निर्मल ज्वाला प्रज्वलित है। लिखा है, अंग्रेजी में—'भारतीय संत श्री मुक्तानंद के लिए'।

(सन् : 2012)

□

थाईलैंड :
भारतीय संस्कृति जहाँ आज भी जीवित है

आज दिसंबर की 14 तारीख है। दिल्ली में घना कुहरा है। सुबह 'इंदिरा गांधी हवाई अड्डे' के लिए निकले तो हाथ को हाथ नहीं सूझ रहा था। जब हवाई अड्डे तक पहुँच पाना ही इतना दुष्कर है तो फिर वहाँ से रवाना होने वाली उड़ानों का क्या होगा?

पर वहाँ पहुँचकर अच्छा लगा कि ऐसी कोई संभावना नहीं है। सारी उड़ानें नियत समय पर रवाना हो रही हैं।

थाईलैंड का नाम लेते ही अनायास अनेक चित्र आँखों के आगे तैरने लगते हैं। बचपन में भूगोल पढ़ते समय इसे 'स्याम' या 'सयाम' लिखते थे। संस्कृत मूल के इस शब्द 'स्याम' का अर्थ 'हरित/स्वर्णिम' धरा से था, परंतु पश्चिम के प्रभाव से धीरे-धीरे रंग बदलने लगे।

पर कभी-कभी अब लगता है शताब्दियों के इन परिवर्तनों के बावजूद जैसे कहीं विशेष कुछ बदला नहीं। अतीत वहाँ आज भी जीवित है, अपने वास्तविक रूप, वास्तविक रंग में। विशुद्ध भारतीय परिधान में, नृत्य की मनमोहक भाव-भंगिमाओं में थाई बालाएँ। रामायण के विभिन्न कलात्मक रूपक। आचार-व्यवहार में भारतीय परंपराएँ। बृहत्तर भारत, नहीं-नहीं, एक और भारत अपने एक और अछूते रूप में—

सदियों पुरानी कलात्मक भव्य प्रतिमाएँ! बुद्ध, शिव, गणेश की मूर्तियाँ।

आसमान को छूते स्वर्णिम पगोडा—बौद्ध एवं वैदिक-धर्म का अद्‌भुत समन्वय। सब अनायास एकाकार हो जाते हैं। संस्कृति, कला, धर्म का यह सहज सम्मिश्रण किस उदात्त भाव का प्रतीक है, सहसा समझ में नहीं आता। ऐसा भारत, भारत में क्यों नहीं है…

विमान धीरे-धीरे गति पकड़ता हुआ आसमान की ऊँचाइयों को छू रहा है, जिन घने, उनीले, उनींदे बादलों से शंकाएँ पैदा हो रही थीं, वे कहीं निचली से भी निचली सतहों पर रह गए हैं। इसके ऊपर मेघ-मालाएँ नहीं, मात्र निरभ्र स्वच्छ नीला आकाश है—अपनी विशालता एवं विविध अनुपम छटाओं के साथ।

कुछ वर्ष पहले जब दिल्ली से पोर्ट ब्लेयर के लिंए रवाना हो रहा था तो किसी सहयात्री ने बतलाया था कि दिल्ली से पोर्ट ब्लेयर और बैंकॉक की दूरी लगभग समान है तो आज उसी समान दूरी को एक दूसरे रूप में तय कर रहा हूँ।

साढ़े तीन घंटे का सफर। थाई-दूतावास से कुछ उपयोगी सामग्री मिल गई थी, उसके पन्ने पलटने लगता हूँ। सोचता हूँ—

सीमाओं से परे का यह असीम भारत मेरे लिए हमेशा क्यों गहरी जिज्ञासाओं का विषय रहा है? वह इतना रहस्यमय, रोचक, रोमांचक क्यों है? कभी-कभी कल्पना करते हुए भी सब सच नहीं लगता। अंग्रेजों के द्वारा हमें तो हमेशा मात्र यही सिखलाया गया था कि कश्मीर से कन्याकुमारी तक सीमाएँ हैं भारत की। फिर श्रीलंका, नेपाल, बर्मा, भूटान, तिब्बत, इंडोनेशिया, लाओस, कंबोडिया, थाईलैंड, वियतनाम, चीन, जापान, कोरिया, मंगोलिया आदि में बिखरा यह भारत कौन सा है? क्या है?

सदियाँ बीत गईं, पर सदियों पूर्व सँजोया सब आज भी वहाँ ज्यों-का-त्यों धरा है अनमोल धरोहर के रूप में।

मी-कांग नदी 'माँ गंगा' की ही अपभ्रंश है। इंडोनेशिया की भाषा को 'भाषा इंडोनेशिया' कहते हैं, जिसमें लगभग अठारह प्रतिशत शब्द संस्कृत के हैं। वहाँ के पूर्व राष्ट्रपति का नाम सुकर्ण था। सुकर्ण की पुत्री का नाम

'सुकर्णपुत्री मेघावती' है, कहा जाता है कि सुकर्ण के पिता महाभारत के प्रकांड पंडित थे। उन्होंने भाषा इंडोनेशिया में अपना अलग महाभारत लिखा था। सुकर्ण स्वयं अपने को घटोत्कच कहते थे। घटोत्कच का अवतार मानते थे। इंडोनेशिया का नगर जकार्ता 'यज्ञकर्ता' का ही बिगड़ा हुआ रूप है। इंडोनेशिया की तीनों सेनाओं की सम्मिलित पत्रिका का नाम 'त्रिशक्ति' है। बालीद्वीप के अधिकांश लोग वैदिक मत के अनुयायी हैं। उनके धर्मग्रंथ पाली और संस्कृत में हैं।

कंबोडिया में अंकोरवाट विश्व का सबसे बड़ा हिंदू मंदिर है—आठ वर्ग मील के दायरे में बिखरी विष्णु, शिव आदि की विशाल प्रस्तर प्रतिमाएँ। वहाँ के राजघराने की संभ्रांत महिलाओं को 'देबी' नाम से संबोधित किया जाता है। लाओस की राष्ट्रभाषा तथा जनभाषा विशुद्ध पाली है। हाँ, उसे वे अब लिखते किसी अन्य लिपि में हैं।

इन दक्षिण-पूर्व के एशियाई देशों से थाईलैंड यानी स्वतंत्रता प्रेमियों का देश जिसे कभी स्वर्ण देश के नाम से भी जाना जाता था, वह और भी भारतमय है। इस समय वहाँ के राजा भूमिबल अतुल्य तेज का वंशगत नाम रामचंद्र नौ है। वहाँ भी एक अयोध्या है। उनकी अपनी एक 'लव पुरी' भी।

विमान धीरे-धीरे दलान की ओर फिसल रहा है। माइक पर सूचना प्रसारित की जा रही है—अब हमारा विमान बैंकॉक के निकट है। डान युवान हवाई अड्डे पर उतरने ही वाला है…।

यात्री सामान समेटने के लिए उतावले दिखते हैं। जैसे ही विमान उतरता है, चारों ओर एक नया नजारा दिखने लगता है। एक नई दुनिया।

अमरीकी या यूरोपियन ढंग के विशाल एक्सप्रेस हाई-वे से हवाई अड्डा मुख्य शहर से जुड़ा है। कारें हवा से बातें करती हुई फर्राटे से भागी जा रही हैं।

बैंकॉक दक्षिण-पूर्व एशिया का सबसे महत्त्वपूर्ण शहर है। सड़कों की अपेक्षा नहरें अधिक हैं यहाँ। नावें यातायात के काम ही नहीं आतीं, उनके माध्यम से दैनिक-व्यापार भी होता है। सब्जी की ये तैरती दूकानें गली-गली

में घूमती रहती हैं। कहीं-कहीं इनमें जलपान की भी व्यवस्था होती है।

यहाँ भारत की तरह फेरी वाले नहीं दिखते। प्रायः सारा कारोबार इन्हीं जलमार्गों से संपन्न हो जाता है। कहा जाता है कि 20-25 साल पहले की अपेक्षा अब ये जलमार्ग कुछ कम संख्या में हैं। फिर भी आज बैंकॉक 'पूर्व का वेनिस' कहा जाता है इन जल-पथों के कारण। इनसे यात्रा करना सचमुच में एक रोमांचक अनुभव होता है।

मार्ग में 'राम-पथ' दिख रहा है, कहीं 'सीता बाटिका'। जिस पाँच सितारा होटल में हमारे ठहरने की व्यवस्था है, कहा जा रहा है कि वह किन्हीं भारतीय मूल के नामधारी सिख महाशय का है, जिनके पूर्वज कई पीढ़ियों पूर्व यहाँ आकर बस गए थे।

लगभग दो लाख वर्ग मील में फैले, सवा तीन करोड़ आबादी वाले इस देश की कुल जनसंख्या के लगभग सात प्रतिशत लोग भारतीय मूल के हैं, जो विभिन्न व्यवसायों से जुड़े हैं।

थाईलैंड का सारा व्यापार दो समुदायों के उद्योगपतियों के हाथों में बतलाया जाता है, भारतीय तथा चीनी मूल के। बड़े-बड़े औद्योगिक प्रतिष्ठानों एवं होटलों के वे ही मालिक हैं। भारतीयों में भी अधिकांश नामधारी सिख हैं या पूर्वी उत्तर प्रदेश या बिहार के।

रास्ते में सड़क के किनारे-किनारे कचनार के हलके बैंगनी रंग के फूल से लदे वृक्ष देखकर नई दिल्ली की सड़कों की स्मृति ताजा हो जाती है। होटल में पहुँचकर कहीं से भी ऐसा नहीं लगता कि हम भारत में नहीं हैं। स्वागत-कक्ष में सिख गुरुओं के भव्य रंगीन चित्र सुशोभित हैं। ताजा फूल की रंग-बिरंगी मालाएँ। नीचे अगरबत्ती की सुगंध! प्रज्वलित दीपक।

होटल के मालिक सरदारजी लपककर हमारा स्वागत करते हैं। कहते हैं यह होटल नहीं, घर है आप लोगों का। आपको कोई कष्ट नहीं होगा।

जितने दिन रहे, सचमुच कोई कष्ट नहीं हुआ, घर जैसा ही लगा।

दिल्ली के मुकाबले थोड़ा गरम मौसम है। पूरे कपड़ों की आवश्यकता अनुभव नहीं होती, बल्कि दोपहर को धूप चुभती हुई जैसी लगती है। यहाँ के

थैमसेट, यानी धर्मशास्त्र विश्वविद्यालय में दो दिन का सेमिनार है। दोपहर पश्चात् विश्वविद्यालय जाते हैं तो वह हर तरह से हमें आकर्षित करता है। परिसर के मध्य में अश्वत्थ यानी पीपल का एक विशाल वृक्ष है, जड़ों के ऊपर उसके तने पर रंग-बिरंगे कपड़ों की पट्टियाँ सी फीते की तरह बँधी हैं। कच्चा रंगीन धागा भी लपेटा हुआ है। लगता है कि वृक्ष की पूजा-अर्चना का कार्य अभी हाल ही में संपन्न हुआ है।

भारत-विद्या विभाग की अध्यक्षा, प्राचीन इतिहास की प्राध्यापिका प्रो. श्रीसुरंग पुलथोपियो हमारी मेजबानी करती हुई बतलाती हैं कि थाई भाषा में यूनिवर्सिटी को 'महाविथिलया' कहते हैं।

हाँ, थाई भाषा के लगभग चालीस प्रतिशत शब्द संस्कृत एवं पाली के हैं। उच्चारण में भिन्नता के कारण सीधे-सीधे समझने में व्यवधान आता है।

बातचीत का तथा सेमिनार का क्रम साथ-साथ चलता रहता है। भारत-थाई सांस्कृतिक संबंधों के परिप्रेक्ष्य रामायण मुख्य विषय है। अनेक देशों के विद्वान् अपने-अपने अनुभव एवं अनुभूतियों को उजागर करते हैं। केवाड़ सान विश्वविद्यालय मलेशिया की पर्शियन विभाग की अध्यक्षा प्रो. नोरिया मुहम्मद कहती हैं, मैं रामायण से बहुत प्रभावित हुई हूँ। इसलाम पर आस्था रखती हूँ, पर यह ग्रंथ मेरे लिए प्रेरणा का अजस्त्र स्रोत है। मैं इसे धर्मग्रंथ नहीं, युग का एक यथार्थ-काव्य मानती हूँ। एक पिता के रूप में, एक पति के रूप में, एक पुत्र के रूप में, एक शासक के रूप में राम का जीवन हर दृष्टि से मुझे आदर्श लगता है। मुझे विश्व-इतिहास में ऐसा नायक कोई दूसरा नहीं दिखता, जो इतना दयालु, इतना कर्तव्यनिष्ठ, समय आने पर इतना कठोर भी हो सके। ऐसा नीतिनिष्ठ आदर्श मुझे हर तरह से प्रेरित करता है···। इसे धर्म की सीमाओं से बाँधना इसके प्रति न्याय करना नहीं होगा। यह एक व्यक्ति नहीं, विचार की महागाथा है···।

थाईलैंड की राजकुमारी चक्री श्रीधरोन अपने वक्तव्य में कई महत्त्वपूर्ण नए तथ्यों को उजागर करती हैं।

मुझे याद आता है, थाईलैंड की ही एक विदुषी राजकुमारी गलियानी

यानी कल्याणी ने कुछ वर्ष पूर्व दिल्ली विश्वविद्यालय से संस्कृत में एम.ए. की उपाधि प्राप्त की थी।

शाम को नदी में नौका-विहार का कार्यक्रम है। चाओ फ्रया नदी के तट पर बसा यह शहर कई दृष्टियों से सदैव उल्लेखनीय रहा है। नदी के पश्चिमी तट पर धनपुरी है और पूर्व में बैंकॉक। दो भिन्न शहर हुए भी हर अर्थ में अभिन्न।

बैंकॉक से पहले थाईलैंड की राजधानी सुखोदया थी, फिर अयुथ्या यानी अयोध्या बनी। सुखोदया साम्राज्य की स्थापना राजा इंद्रादित्य ने की थी। उनके शासन काल में नव-निर्माण के अनेक कार्य हुए। सन् 1377 में यह साम्राज्य समाप्त हो गया…। डीजल-बोट जलधाराओं को चीरती शनैः-शनैः आगे बढ़ रही है। उसकी दिशा अब दक्षिण नहीं, पश्चिम की ओर है।

चाओ फ्रया नदी में साँझ का सूरज डूब रहा है, जल पर रंग-बिरंगे अनेक प्रतिबिंब झिलमिला रहे हैं। चारों ओर विद्युत प्रकाश टिमटिमाने लगता है। नदी का विस्तृत पाट दूर तक अपनी बाँहें पसारे अनंतकाल से निश्चिंत लेटा है…।

यही है चाओ फ्रया का ऐतिहासिक तट, जहाँ पर ईसा से लगभग छह शताब्दी पूर्व सबसे पहले भारतीय वैदिक धर्म प्रचारक एवं व्यवसायी रुके थे। इसी नदी के किनारे अपनी नन्ही-नन्ही बस्तियाँ बसाई थीं। उन्होंने अपने साथ वे अपना दर्शन लाए थे, अपनी विशिष्ट संस्कृति लाए थे, अपना धर्म लाए थे, अपनी भाषा, अपने संस्कारों के साथ-साथ अपनी विशेष पहचान भी लाना न भूले थे। यहाँ रहकर यहाँ के लोगों के साथ वे दूध में पानी की तरह समाकर हमेशा-हमेशा के लिए यहाँ के होकर रह गए थे। आज उनमें और यहाँ के मूल निवासियों में कहीं कोई अंतर नहीं रह गया है। यह पहचान भी एक तरह से समाप्त हो गई है कि उनमें कौन क्या था! सभी थाई हैं, थाई धरती के अपने सुपुत्र।

बौद्ध धर्म वैदिक धर्म के बहुत समय बाद आया। जातक-कथा में, 'सुत्तपिटक' में लिखा है कि राजा महाजनक अपना भाग्य आजमाने के लिए

'समवर्ण द्वीप' जाता है। इसका अर्थ यह है कि बुद्ध से पहले 'समवर्ण द्वीप' से भारतीयों का आत्मीय संपर्क था।

कालांतर में तीसरी शताब्दी ईस्वी पूर्व सम्राट अशोक ने अपने कुछ बौद्ध भिक्षु विद्वानों को यहाँ धर्म-प्रचार के लिए भेजा था⋯।

आप किस सोच में डूब गए भाई साहब? इकबाल कहते हैं।

मैं जैसे जागता हूँ, देखता हूँ—डीजल-बोट अब बीच धार में है। ऐसी एक नहीं, अनेक नावें कागज की किश्तियों की तरह, समुद्र की जैसी विस्तृत, इस विशाल नदी के विस्तीर्ण वक्ष पर तिर रही हैं। कतार की शक्ल में कुछ तेजी से भागती हुई पूर्व की ओर जाने के लिए मचल रही हैं।

मुझे केरल में कोचीन का दृश्य सहसा याद आता है, जब इसी तरह दैनिक-यात्रियों से नावें कोचीन से एर्नाक्यूलम की दिशा से आती-जाती हैं।

प्राचीन वैदिक-संस्कृति का प्रभाव थाई-संस्कृति में आज भी विद्यमान है। हाँ, यह भी एक यथार्थ है कि बौद्धमत के आगमन के बाद धीरे-धीरे वह धूमिल होने लगा था, परंतु अपने अस्तित्व का अहसास वह आज भी जतलाता है।

लगभग दो हजार छह सौ वर्ष पूर्व थाईलैंड से भारत के आवागमन का जो क्रम आरंभ हुआ था, वह आज तक अबाध गति से चल रहा है। दूसरे विश्वयुद्ध के समय हजारों भारतीय रोजी-रोटी के लिए थाईलैंड गए थे, जो बाद में स्थायी रूप से वहीं बस गए। बाजारों में यत्र-तत्र उनकी खोखेनुमा दूकानें बड़ी संख्या में दिखती हैं। वे आज भी परस्पर भोजपुरी, मैथिली में बातें करते हैं, अपने उत्सव-त्योहार मनाते हैं।

आज बौद्ध और वैदिक मत यहाँ पर इतने घुल-मिल गए हैं कि उन्हें अलग-अलग करके देखना संभव नहीं।

लौटते समय नदी का दृश्य और भी अद्भुत लगता है। अँधियारे में सारा शहर दीपावली की तरह जगमगा रहा है। नदी की श्यामल लहरों के साथ-साथ प्रकाश की अनगिनत धाराएँ भी प्रवाहित हो रही हैं। लग रहा है, जैसे स्वप्न-लोक का कोई अलौकिक दृश्य हो।

दिन में विश्वविद्यालय परिसर में ही बैंकॉक में रहने वाली प्रवासी भारतीय महिलाओं के संगठन ने अतिथियों के लिए भारतीय भोजन की व्यवस्था की थी। परम संतोष हुआ कि इस यात्रा में भूखा नहीं रहना पड़ेगा। जापान और कोरिया के कटु अनुभव अभी तक स्मृति-पटल पर कहीं अंकित थे।

वहाँ से लौटते ही एक विशाल भवन के विशाल रंग-मंच में विशेष रूप से अतिथियों के लिए रामकीयन के मंचन की व्यवस्था की गई है।

थाई संस्कृति की पहचान है—रामकीयन यानी रामकीर्ति! विश्वविद्यालय में प्राध्यापक बतला रहे थे कि कुछ स्थानों पर पाँचवीं कक्षा से ही रामकीयन का पारायण आरंभ कर दिया जाता है। बच्चे अपने-अपने ढंग से इसका मंचन भी करते हैं।

महाकवि वाल्मीकि द्वारा संस्कृत में लिखी रामायण थाई कवियों के लिए विशेष प्रेरणा का स्रोत रही। थाई-भाषा के अनेक महाकवियों ने अपने-अपने ढंग से इसकी पुनर्रचना की। उसी का परिणाम है कि इस तरह की अनेक प्राचीन थाई रामायण आज भी उपलब्ध हैं, परंतु आधुनिक राजवंश के निर्माता रामचंद्र प्रथम द्वारा लिखी रामकीयन सबसे अधिक चर्चित रही।

राजा रामचंद्र प्रथम संस्कृत एवं थाई भाषा के उद्‌भट विद्वान् थे। अब से सैकड़ों साल पहले लिखी यह 'रामायण' आज भी वहाँ इतनी लोकप्रिय है कि थाई लोग विश्वास करने लगे हैं कि ये घटनाएँ थाईलैंड में ही घटित हुई थीं। राम-रावण, सीता सारे पात्र मूलतः थाई हैं।

थाई बौद्धों के घर-घर में आदर एवं श्रद्धा से पूजा जाने वाला यह ग्रंथ 'रामकीयन' ही है। संस्कृतियों एवं धर्मों का ऐसा अद्‌भुत समन्वय थाईलैंड में ही देखा जा सकता है।

नियत समय पर 'रामकीयन' आरंभ होती है। परिष्कृत परिधानों में भारतीयता की स्पष्ट छाप दिखती है, जहाँ शब्द नहीं, मात्र भाव अभिव्यक्ति का जीवंत माध्यम बनते हैं। मणिपुरी नृत्य की जैसी स्वप्निल लय। श्रोता मुग्ध भाव से उसके अवलोकन में खो जाते हैं।

इसमें अपने किस्म के राम, अपने किस्म का रावण और अपनी तरह के हनुमान हैं। लगता है, पात्र अभिनय कर रहे, बल्कि यथार्थ का एक-एक सजीव क्षण स्वयं जी रहे हैं।

थाई नरेश ने वाल्मीकि रामायण का थाई में इस तरह रूपांतरण किया है, थाई परंपराओं में उसे इस तरह ढाल दिया है कि ऐसा लगने लगता है, जैसे 'रामकीयन' थाईलैंड के अलावा अन्यत्र की हो ही नहीं सकती। बहुत से मूल नाम भी अपनी सुविधा से थाई में ही कर दिए हैं, ताकि वह अधिक से-अधिक स्वाभाविक लगे। रावण को रावण न कहकर 'तात सकान' यानी 'दशानन' दानव कर दिया है।

मूल कथा में भी यत्र-तत्र परिवर्तन दिखता है, जैसे हनुमान को ब्रह्मचारी नहीं दिखलाया है। बालि को राम के हाथों क्यों मरना पड़ा है, इसकी भी अपनी एक अलग व्याख्या है। मंदोदरी के बारे में एक और दिलचस्प अध्याय जोड़ा गया है। 'सीदा' यानी 'सीता' के परित्याग की भी एक दूसरी ही कहानी है।

थाई रामायण को देखना स्वयं एक सुखद अनुभव से गुजरना है।

लौटते-लौटते बहुत वक्त हो जाता है।

दिनभर की थकान। हम भोजन के पश्चात् चलने लगते हैं तो एक स्वीडिश पर्यटक व्यंग्य से हँसता हुआ कहता है, 'दुनिया में यह अपने किस्म का अकेला महानगर है, जो सारी रात जागता रहता है। शायद इसलिए विदेशी सैलानियों की यहाँ इतनी भीड़ है। विलासिता में तो इसने पश्चिम को भी पीछे छोड़ दिया है।'

जगह-जगह पोस्टर लगे हैं—'एड्स से सावधान'। पोस्टर-ही-पोस्टर।

कहा जाता है कि विश्व में एड्स के सबसे अधिक रोगी यहाँ पाए जाते हैं।

प्रातः अभी बिस्तर पर ही हूँ कि पास कहीं से कोयल के जैसा सुमधुर स्वर सुनाई देता है।

चौंककर उठता हूँ। बाहर बालकनी की ओर लपककर जाता हूँ—

नन्हे-नन्हे वृक्षों के आकार के अनेक पौधे हैं। नाना भाँति के फूल के। पूरा एक जंगल बालकनी में उगा है। हरा-भरा, फूल-ही-फूल।

बाईं तरफ से फिर वही मधुर आवाज।

अपने सहयात्रियों को जगाता हूँ।

वे भी भागते हुए आते हैं। चौंकता हूँ।

'हाँ, कोयल ही तो है।'

जितने दिन यहाँ रहते हैं, यह चिड़ियाँ रोज-रोज आकर हमें जगा जाती हैं। थाईलैंड में भारत का भ्रम जगाती हैं।

अभी अयोध्या देखनी है। लवपुरी भी।

इस प्रश्न पर पहले ही बहुत बहस हो चुकी थी कि अयोध्या किस मार्ग से पहुँचा जाए। मोटर-मार्ग के साथ-साथ रेल-मार्ग से भी वहाँ जाया जा सकता है। चूँकि अयोध्या भी बैंकॉक की तरह चाओ फ्रया नदी के तट पर बसी है। अत: जलमार्ग का भी अपना अनुभव होगा।

समय की सीमा को ध्यान में रखते हुए अंत में सड़क-मार्ग ही सुविधाजनक लगता है। अत: तय होता है कि प्रात: नाश्ते के पश्चात् हम बस से रवाना होंगे, ताकि लवपुरी आदि स्थानों को देखने में पर्याप्त सुविधा रहे।

यों तो हमें बतलाया गया था कि थाईलैंड में बहुत से दर्शनीय स्थल हैं। बैंकॉक से दक्षिण में 23 किलोमीटर की दूरी पर स्थित 'समुद्र प्रकरण' नामक नगर है। प्राकृतिक सौंदर्य की दृष्टि से अद्वितीय। इसी के निकट मेनाम नदी में एक छोटा सा टापू है, जिसमें एक भव्य बौद्ध मंदिर बना है, जहाँ हर वर्ष नवंबर में एक विशाल मेला आयोजित होता है।

मैं हिसाब लगाता हूँ कि यदि एक महीना पहले हम बैंकॉक आते तो निश्चित ही इस मेले की अनुपम छटा का भी अवश्य अवलोकन करते। बैंकॉक से दूरी ही कितनी है!

हमें बतलाया गया था कि थाईलैंड में व्यवस्थित रूप से जो पहला नगर बसा था, उसका नाम ही 'नगर प्रथम' रखा गया था। यह बैंकॉक से 56 किलोमीटर पश्चिम में है। समय मिले तो हमें अवश्य यहाँ जाने का प्रयास

करना चाहिए। ऐतिहासिक दृष्टि से भी इसका अपना महत्त्व है।

एक उत्साही थाई मित्र इसमें कुछ और जोड़ते हुए कहते हैं—यदि आप 'नगर प्रथम' जाएँ तो उससे मात्र सौ किलोमीटर की दूरी पर, उसी मुख्य मार्ग पर 'हुआ हीन' सागर तट है, उस पर नौका-विहार का अनुपम आनंद अवश्य लीजिएगा।

नियत समय पर सब अपना-अपना असबाब लिए उद्यान के किनारे परिसर में एकत्र हो जाते हैं।

बस रवाना होती है उत्तर दिशा की ओर। सड़कें स्वच्छ हैं, सुव्यवस्थित। चारों ओर हरियाली, आबादी भारत की अपेक्षा बहुत कम है। अतः न तो चारों ओर कहीं भीड़-भाड़ है और न ही प्रदूषण। हाँ, पश्चिम के असंतुलित प्रभाव के कारण अनेक विकार अवश्य पैदा हो रहे हैं, परंतु लोग मूलतः अभी तक कहीं वैसे ही सरल, सहज हैं और एक सीमा तक उदार एवं सहिष्णु भी।

पूर्व की दिशा में चंतपुरी पर्वत श्रृंखलाएँ कंबोडिया की ओर निकल गई हैं।

दिन के साथ-साथ गरमी बढ़ रही है। ठीक ऐसी ही गरमी का अहसास दिल्ली में मार्च के अंत से आरंभ होने लगता है। कुछ ही घंटे पश्चात् सामने खड़ी दिखती है यह ऐतिहासिक नगरी।

थाईलैंड की यह अयोध्या यानी 'अयुथ्या' अयोध्या जैसी नहीं, यह मात्र खँडहरों की नगरी है। इन सैकड़ों वर्षों में इस प्राचीन नगर ने समय के हाथों कितना कुछ झेला, इसका आकलन सहज ही किया जा सकता है। हर दिशा में जहाँ तक दृष्टि जाती है, खँडहर-ही-खँडहर हैं। मंदिरों के भग्नावशेष पर कहीं-कहीं मजबूत ईंटों के बिखरते ढाँचे अभी तक भी आसमान की ओर माथा उठाए खड़े न जाने क्या खोज रहे हैं। ये मात्र थाई ही नहीं, भारतीय संस्कृति के भी धुँधलाते/मिटते अवशेष हैं, जिस गौरवमयी संस्कृति के प्रति सदियों तक विदेशी शासकों ने हमारे हृदय में उदासीनता का भाव जगाए रखा, वह हजारों मील दूर पहुँचकर आज भी अपने गरिमामय अस्तित्व का अहसास जगा रही है। यह धूल-धूसरित ध्वजा विजय की है या पराजय

की— इसका निर्णय तो काल ही करेगा, फिर भी गौरवमयी अतीत की यह थाती, जो कुछ अपने कण-कण से प्रतिध्वनित कर रही है, उस मूक-क्रंदन की भाषा को कौन समझेगा? काल की शिला पर कौन मानव रक्त से लिखी इस इबारत को पढ़ेगा?

इस अयुथ्या में यानी यहाँ की अयोध्या में भारत की अयोध्या जैसा कहीं कुछ नहीं है। सर्वत्र बौद्ध अवशेष हैं। फनन छँग नामक एक प्राचीन मंदिर है, जिसमें तथागत की ऊँची प्रतिमा है। मंदिर के प्रांगण में एक विस्तृत मंच है, जिसमें प्रतिदिन थाई-लोकनृत्यों का प्रदर्शन होता है।

राम के नाम पर यहाँ मात्र एक 'राम-उद्यान' है, जिसमें एक निर्मल सरोवर है। हाँ, संग्रहालय में अवश्य अनेक दुर्लभ प्राचीन मूर्तियाँ हैं। धनुर्धारी श्रीराम की एक कलात्मक प्रतिमा भी।

हस्तकला की यहाँ अनेक अनुपम वस्तुएँ हैं पर्यटकों के लिए। एक विशाल कक्ष की प्राचीर में अनेक प्राचीन भित्तिचित्र हैं, जिनमें भगवान् विष्णु और लक्ष्मी को क्षीर सागर में शेष-शय्या पर दिखलाया गया है।

बाहर विस्तृत प्रांगण में प्राचीन अवशेषों के बीच लंबी कतार में ध्यान की मुद्रा में बैठे बुद्ध की एक सी मूर्तियों की एक लंबी कतार है, जिनके कंधों पर रेशमी पीत-चीवर रखा हुआ है। मूर्तियाँ इनसे अधिक जीवंत हो उठती हैं।

समाधि में लीन इन तथागतों को न छेड़कर हम चुपचाप आगे निकल जाते हैं। सूरज माथे पर चमक रहा है पर एक खँडहर के पश्चात् दूसरे खँडहर तक अबाध गति से हम मूकद्रष्टा की तरह बढ़ते चले जा रहे हैं।

हमें इस समय निर्मल सरयू तट पर बसी भारत की अयोध्या याद आ रही है। कभी यह नगर थाईलैंड की राजधानी के रूप में कितना जीवंत रहा होगा, कितना सुंदर। ऐसी प्राणवान प्रस्तर प्रतिमाएँ विश्व में कम ही देखने को मिलती हैं। कुछ न कहते हुए भी जो कितना कुछ नहीं कह जातीं।

मंदिर की पत्थर की दीवारों पर उत्कीर्ण अप्सराओं के चित्र मन को अनायास मोह लेते हैं। प्राचीरों पर उत्कीर्ण कहीं-कहीं हनुमानजी के आठ

हाथ और चार सिर हैं। भारतभूमि में बिराजे पवन पुत्र हनुमान ने अपने इस पराक्रमी स्वरूप की कभी स्वप्न में भी कल्पना नहीं की होगी।

ऐतिहासिक तथ्यों के आधार पर अयोध्या काल सन् 1350 से 1767 तक माना जाता है। इस अवधि में अयोध्या में 33 शासकों का शासन रहा, पर इनमें एक भी ऐसा राजा नहीं है, जिसने बर्मा से युद्ध न किया हो। इनमें सबसे उल्लेखनीय है अयोध्या के अठारहवें राजा नरेश्वर महाराज का बर्मा के राजकुमार के साथ हाथियों का युद्ध। यह लड़ाई सैनिकों की नहीं, मात्र दो राजाओं के बीच हुई थी। इस घमासान समर में बर्मा का राजकुमार वीरगति को प्राप्त हुआ था।

परंतु अप्रैल 1767 में बर्मी सेनाओं ने अयोध्या पर फिर आक्रमण कर इसे पूरी तरह ध्वस्त कर दिया था। आज सामने जो वीरान खँडहर दिख रहे हैं, इसका सारा श्रेय उनके ही उन बर्बर कृत्यों को जाता है।

एक बार उजड़ी अयोध्या फिर दुबारा नहीं बस पाई। यद्यपि थाईलैंड पर बर्मा का अधिकार हो गया था, परंतु चंथपुरी यानी चंद्रपुरी के समीप एक छोटे से रजवाड़े ने इस संघर्ष को अपने स्तर पर जारी रखा। अयोध्या से हटाकर वह राजधानी चाओ फ्रया नदी के ही तट पर बसी धनपुरी ले गया। उसने अपनी सशक्त समुद्री सेना का गठन कर पाँच सौ जंगी जहाजों के साथ बर्मा पर आक्रमण कर दिया और सारा थाईलैंड बर्मा सैनिकों से सदा-सदा के लिए मुक्त करा दिया।

यह शासन मात्र पंद्रह वर्ष चला। कालांतर में राजा को अक्षमता के अपराध में सेनापति चाओ फ्रया चक्री ने अपदस्थ कर स्वयं सत्ता की बागडोर सम्हाल ली। वही चक्री साम्राज्य आज तक चल रहा है। उस शासक ने अपना एक और नाम राजा रामचंद्र (प्रथम) भी रखा और थाईलैंड में कला, संस्कृति के एक नए युग का सूत्रपात किया। रत्नकोशींद्र यानी बैंकॉक को उसने अपनी नई राजधानी बनाया।

अब दस बज रहे हैं।

हमने सारे क्षेत्र की यानी कहिए कि सारे खँडहरों की प्रदक्षिणा पूरी कर

ली है। कार्यक्रम बनता है कि अब शीघ्राति-शीघ्र लवपुरी की ओर प्रस्थान किया जाए।

जलपान के पश्चात् वातानुकूलित बस फिर हवा से बातें करती हुई रवाना होती है उत्तर पूर्व दिशा की ओर।

बैंकॉक से लवपुरी की दूरी 160 किलोमीटर है। लगभग एक-तिहाई यात्रा हम तय कर चुके हैं। लवपुरी को राजा नारायण ने बसाया था।

रास्ते में अनेक बस्तियाँ है। कौवे को थाई भाषा में 'का' कहा जाता है। एक स्थान का नाम 'साराबुरी' है। सरबुरी से ही साराबुरी बना होगा। यहीं सरोवर भी है एक।

अधिकांश घर काठ के हैं—खंभो पर खड़े, जगह-जगह ताड़ के पेड़ हैं। नारियल के पौधे और आम के बड़े-बड़े वृक्ष।

मार्ग के किनारे एक स्थान का नाम लमनाय लिखा है। सामने बजरी निकालने के लिए पूरा पहाड़ छील दिया है। चारों ओर धूल बिखर रही है। यद्यपि हरियाली ही हरियाली है हर दिशा में परंतु पर्यावरण के साथ ऐसा खिलवाड़ उत्तर भारत के पर्वतीय क्षेत्रों में भी खूब दिखता है। ऐसी ही निर्ममता से वहाँ भी पहाड़-के-पहाड़ नंगे कर दिए हैं। इससे भी भयंकर स्थिति बल्कि इससे भी भयंकरतम स्थिति नेपाल में दिखती है। काठमांडू से तीस-चालीस किलोमीटर पूर्व दिशा में जाने पर वहाँ बनैपा नामक स्थान से एवरेस्ट के हिममंडित शुभ्र शिखर बड़े साफ दिखते हैं, परंतु सामने पहाड़ों की श्रृंखला चली गई है, जहाँ सारे-के-सारे पहाड़ वृक्षविहीन हो गए हैं, एकदम नग्न। प्रकृति के साथ इतना निर्मम अमानवीय व्यवहार। हृदय दहल उठता है।

बस पूरी गति से भाग रही है। हर इमारत, हर दूकान पर थाईलैंड का राष्ट्रीय ध्वज फहरा रहा है। इस तरह की परंपरा यूरोपीय देशों में बहुत दिखती है। नॉर्वे में प्रायः हर घर के आगे एक सफेद खंभा लगा रहता है, जिसमें वहाँ की राष्ट्रीय पताका फहराती दिखती है। छितरे हुए घर हैं वहाँ। प्रायः अनेक लोग जनशून्य द्वीपों में भी रहते हैं, फहराते झंडे दूर से ही

दिखलाई देते हैं। इनमें आगंतुकों को यह समझाने में भी सुविधा रहती है कि इसके आस-पास कोई आबादी है।

सारापुरी में सीमेंट का कारखाना दिख रहा है। कहते हैं, यहाँ तथागत के चरणों के चिह्न अंकित हैं। ऐसी अनेक किंवदंतियाँ हैं यहाँ पर कि अमुक सरोवर में भगवान् बुद्ध ने स्नान किया था। अमुक स्थान पर उन्होंने उपदेश दिए थे। थाई लोग यहाँ तक मानते हैं कि रामायण की अधिकांश घटनाएँ थाईलैंड में ही घटित हुई थीं। राम मूलत: थे ही थाईलैंड के।

लगभग पौने तीन घंटे की अविराम यात्रा के पश्चात् हम लवपुरी पहुँचते हैं।

लोपबुरी यानी लवपुरी मध्य स्याम की सबसे अधिक प्राचीन नगरी है। इसका पुराना नाम 'ल वो' है। इस नगर के मध्य भाग में मंदिरों के खँडहरों में ऐसी अनेक भग्न प्रतिमाएँ हैं, जिनमें बुद्ध को खड़ा दिखलाया गया है। ये मूर्तियाँ न तो खमेर शैली की हैं और न ही थाई शैली की ही। इन्हें देखकर अहसास होता है कि संभवत: ये उनसे भी पुरानी हैं।

एक मूर्ति में जहाँ संस्कृत में कुछ शब्द अंकित हैं, वहीं दूसरी में मौन भाषा में। ये मूर्तियाँ थाईलैंड में पाई गई प्राचीन मूर्तियों से शिल्प में भिन्न हैं। ये गुप्तकाल की जैसी लगती हैं। ठीक वैसी ही जैसी सारनाथ या अजंता में उत्कीर्ण प्रतिमाओं में देखने को मिलती हैं। घुँघराले बाल, गोल आकृति, असामान्य आकार। एक ओर विशिष्ट बात है, यहाँ की प्रतिमाओं में देखने को मिलती है, मूर्ति में मूर्तिकार का नाम भी अंकित रहता है। एक प्रतिमा में समाधि गुप्त खुदा है। मलाया में भी ऐसी मूर्तियाँ मिली हैं। इनमें मूर्तिकार के नाम के साथ वर्ष भी लिखा है। यह पाँचवीं शताब्दी की होगी, निश्चित ही वह गुप्त साम्राज्य काल की है।

नगर का कुछ हिस्सा आधुनिक है। आधुनिक दूकानें, होटल आदि परंतु शेष लगभग वैसे ही खँडहरों का, जैसा अभी-अभी अयोध्या में हम देख चुके हैं।

राजा नारायण की विशाल मूर्ति भी है यहाँ।

सिंधी रेस्तराँ में कुछ क्षण विश्राम के पश्चात् भ्रमण के लिए निकल पड़ते हैं।

यहाँ एक विशेषता यह भी दिखती है कि बौद्धों के साथ-साथ यहाँ हिंदू देवी-देवताओं के मंदिरों के भग्नावशेष भी कम नहीं।

सामने खँडहर में रतन महाधर का मंदिर है। पास ही ब्रह्मा मंदिर है। यहाँ खमेरों का प्रभाव अधिक रहा था। कहा जाता है कि कुछ खमेर शैव ही नहीं, वैष्णव भी थे। दीवारों पर उत्कीर्ण विष्णु की जीवंत प्रतिमाएँ, क्षत-विक्षत।

खँडहर में परिवर्तित राजप्रासाद।

सामने हरी घास का विस्तृत मैदान, दूर तक चला गया लंबा रास्ता। कहते हैं इसे सन् 1666 में राजा नारायण ने निर्मित करवाया था।

गुलमोहर के गहरे हरेपन से लदे, ऊँचे-ऊँचे वृक्ष।

राजा सोम दत्त फ्रया नारायण अयोध्या की दूसरी राजधानी बनाना चाहते थे। राजा राम चतुर्थ से यह कार्य आरंभ हुआ और पाँचवें तथा छठे तक चला।

इन्हीं राजाओं के संग्रहालय भी हैं। यहाँ 2500-3500 ईसा पूर्व का एक मानव कंकाल भी यहाँ रखा है। 12वीं शताब्दी की इंद्र की प्रतिमा है। ऊपर के भाग में शिव तथा उमा की विशाल मूर्तियाँ सजी हैं। प्रज्ञापारमिता की भी एक दर्शनीय मूर्ति है। राजा राम (चतुर्थ) का बिस्तर। थाई सिक्के तरह-तरह के।

राजा राम (चतुर्थ) के शासन काल में थाईलैंड का इंग्लैंड से संपर्क हुआ और ईसाई मिशनरियों को यहाँ प्रवेश की अनुमति मिली। थाईलैंड में भूमि-सुधार की दिशा में भी ऐतिहासिक कार्य संपन्न हुए।

दूसरा संग्रहालय और अधिक महत्त्वपूर्ण लगता है। यहीं सुनहरे चित्रों के साथ अनेक दुर्लभ पांडुलिपियाँ हैं, बौद्ध-जातक कहानियाँ।

राजा नारायण के शासन काल को थाई साहित्य का स्वर्णिम-युग माना जाता है। इस काल-खंड में अनेक कालजयी कृतियों का सृजन हुआ।

यों थाई साहित्य का आरंभिक समय सन् 1283 माना जाता है, जब

'सुखोदय साम्राज्य' था। और राम (खाम) नाम के राजा का शासन था।

'त्रौभूमि कथा' का रचना काल सन् 1345 माना जाता है। संस्कृत का इसमें बड़ा प्रभाव दिखता है।

'अयोध्या काल' में थाई साहित्य कई नए क्षितिजों को छूने लगा था, परंतु बर्मा से पराजय के पश्चात् सारी प्रगति अवरुद्ध हो गई कुछ समय के लिए।

थाई नरेश का थाई साहित्य के विकास में बड़ा योगदान रहा है।

अनेक दुर्लभ पांडुलिपियाँ देखने के पश्चात् हम संग्रहालय की सीमा-रेखा से बाहर निकलते हैं।

लगभग सारी लवपुरी देखने के बाद लौटने का कार्यक्रम बनता है। यद्यपि हमारे मन के किसी कोने में यह लालच भी छिपा था कि क्यों न 'विष्णु लोक नगर' होते हुए चिआंग माई भी हो आया जाए। यहाँ से लगभग पाँच सौ किलोमीटर से अधिक दूर नहीं होगा।

उत्तर थाईलैंड की तुलना कश्मीर से की जा सकती है। प्रकृति की अनुमप छटा ही नहीं, लोग भी वहाँ के कम दर्शनीय नहीं। चिआंग माई से मात्र 18 किलोमीटर से अधिक दूर नहीं है कस्बा लेंफून, जहाँ के चाँदी के बरतन विश्वभर में प्रसिद्ध हैं। यहाँ महावतों का प्रशिक्षण-केंद्र भी है विश्व में अपने किस्म का पहला।

प्राचीन मंदिरों का यह क्षेत्र स्वयं में अनेक विशेषताएँ सहेजे हुए हैं। यहाँ के गगनचुंबी पर्वत-शिखरों का सौंदर्य ही अद्वितीय है।

यदि आपने चिआंग माई नहीं देखा तो फिर कुछ नहीं देखा, एक थाई प्राध्यापक कहते हैं। परंतु जब पहले से सारे कार्यक्रम निर्धारित हों तो एकाएक उनमें परिवर्तन करना आसान तो नहीं।

समय की सीमा के आगे झुकना ही पड़ता है। अत: हम फिर अपने को उसी मार्ग में पाते हैं, जिससे होकर बैंकॉक से यहाँ पहुँचे थे।

सूरज ढलान की ओर फिसल रहा है।

सड़क पर एक चिह्न अंकित है, लिखा है—बैंकॉक 138 मील।

फिर सिंहपुरी, फिर हरियाली, फिर बादल।

अनंग थान 87 मील।

प्रथम यानी प्रथम स्थान, अशोक रोड, लौह-प्रास।

मैं देख रहा हूँ, मेरे झोले में रखी सफेद चिकनी मिट्टी बिखर गई है। इस पवित्र मिट्टी को लवपुरी की बाजार से सौगात के रूप में खरीदकर लाए थे। कहा जाता है कि भगवान् राम ने जो तीर अयोध्या से यहाँ फेंका था, उससे जलकर मिट्टी का रंग ऐसा हो गया है।

लोपबुरी यानी लवपुरी का निर्माण उसी धरती पर होगा, जहाँ पर तीर गिरेगा, राम ने कहा था।

राम ने कहा था, क्या नहीं, हम इस प्रश्न पर न उलझकर मिट्टी इसलिए उठा लाए हैं कि किसी प्रयोगशाला में इसकी जाँच करवाएँगे। आखिर है क्या?

बैंकॉक पहुँचते-पहुँचते रात घिर आई है। सारा शहर बिजली की रंग-बिरंगी रोशनी से नहाया जगमगा रहा है। चाओ फ्रया नदी में अनेक नौकाएँ तिर रही हैं।

प्रो. श्रीसुरंग पुलथोपिया को कल के व्यस्त कार्यक्रमों की चिंता है। सभी यात्री थके हैं। आज का सारा दिन दौड़-भाग में ही बीता।

'भारतीय संस्कृति ने थाई संस्कृति को किस-किस रूप में प्रभावित किया?' दूसरे दिन प्राचीन इतिहास की प्राध्यापिका प्रो. श्रीसुरंग इस पर विस्तार से प्रकाश डालती हैं।

थाईलैंड में भी एक राज्य का नाम गंधार था। कहा जाता है कि मगध के चंद्रगुप्त नामक भिक्षु ने यहाँ बौद्ध धर्म का प्रचार किया था। यहाँ भी बोधिवृक्ष है। गृंधकूट पर्वत है। तथागत ने जिस सरोवर के तट पर परम ज्ञान प्राप्त किया था, वह अब तक मौजूद है। यहाँ प्राचीन शिलालेख भी प्राप्त हुए संस्कृत में लिखे।

वह आगे बतलाती हैं कि आज भी थाईलैंड के विश्वविद्यालयों के नाम विशुद्ध भारतीय हैं—जैसे शिल्पशास्त्र (शिल्पाकौन) विश्वविद्यालय,

कृषिशास्त्र विश्वविद्यालय आदि। गुरु पूर्णिमा को गुरु पूजा दिवस के रूप में मनाया जाता है।

नदी को गंगा कहना और उसे माँ गंगा के नाम से संबोधित करना, यह संस्कार भारत से ही मिला है। वे माँ गंगा को माँ खोंखा उच्चारित करते हैं, उनके लिए हर नदी गंगा की तरह पवित्र है।

कहा जाता है कि थाईलैंड के राजपुरोहित आज भी बौद्ध नहीं, हिंदू ब्राह्मण हैं। यद्यपि अभी भी थाईलैंड में ब्राह्मणों की संख्या हजारों में है, किंतु राजा द्वारा मान्यता केवल दस-बारह ब्राह्मणों को ही प्राप्त है।

थाई लोग नवग्रहों की पूजा करते हैं।

थाई सम्राट विशेष पर्व के दिन राजा जनक की तरह हल चलाते हैं। यही प्रथा आज भी इसी रूप में कंबोडिया में जीवित है। राजा जब हल चलाते हैं तो रानियाँ हल के पीछे-पीछे चलती हुई चाँदी के थालों में रखा बीज छिड़कती चली जाती हैं।

प्राचीन भारत की तरह थाईलैंड में चार आश्रमों की परंपरा आज भी मौजूद है। अनेक गृहस्थ अपने जीवन के अंतिम दिन बौद्ध मंदिरों के प्रांगण में बिताते हैं।

शाम को बाजार देखने के लिए निकलते हैं। नई दिल्ली से लाल किले तक जैसे फटफटिया चलते हैं, उसी तरह बैंकॉक में इसे 'टुक-टुक गाड़ी' कहते हैं।

भारत सहित अनेक देशों के लोग प्रतिदिन यहाँ से अपनी आवश्यकताओं की वस्तुएँ खरीदने बहुत बड़ी संख्या में आते हैं। अतः बाजारों में भीड़-भाड़ कम नहीं है। परंतु वस्तुओं की चमक-दमक के बावजूद गुणवत्ता का वह स्तर नहीं दिखता। भारतीय मूल के लोगों की दूकानें भी बहुत हैं, परंतु स्तर में विशेष अंतर नहीं।

जो ऐतिहासिक स्थल देखने से रह गए थे, उन्हें भी जल्दी-जल्दी देखना नहीं भूलते। बाहर से स्वच्छता के बावजूद भीतर से गंदगी भी कम नहीं। जापान की तरह नहीं कि भीतर-बाहर दोनों में कहीं कोई अंतर नहीं।

बस, आज का दिन और है। कल सुबह की उड़ान से लौटना है।

दोपहर के भोजन के समय सब मिलते हैं। प्रो. श्रीसुरंग मुझसे कहती हैं, 'आप थाई रीति-रिवाजों के विषय में पूछ रहे थे। आज शाम मेरी एक शिष्या की शादी है। उसने आपको भी आमंत्रित किया है, शाम को चलिए न। अपने में वह एक नया अनुभव होगा।'

श्री होटल आकर साथ ले जाती हैं।

ठीक वैसा ही वातावरण है, उसी तरह का जैसा भारतीय विवाहोत्सव में देखने को मिलता है।

हर मेहमान का द्वार पर एक पुष्प देकर स्वागत होता है, मुसकराते हुए, विनम्र भाव से दोनों हाथ जोड़कर।

भीतर अलग-अलग मेजें सजी हैं। बस अपनी-अपनी सुविधा के अनुसार स्थान ग्रहण करते चले जाते हैं। हर अतिथि को विवाह के उपलक्ष्य में प्रकाशित पुस्तक उपहार में दी जाती है, जिसके आवरण में नव-विवाहित जोड़े का चित्र है।

एक सजे-सँवरे मंच पर वर-वधु को बड़े गरिमामय ढंग से ले जाया जाता है।

वर के गले में वधु वरमाला डालती है तो चारों ओर तालियाँ बजने लगती हैं।

वही संस्कृति, वही संस्कार। वैसे ही रीति-रिवाज। संपूर्ण थाईलैंड पश्चिम के गहरे रंगों में रँग जाने के बावजूद, अब भी कहीं वैसा ही है। पश्चिम की रंगीनियाँ विकार पैदा कर रही हैं, अर्थ अर्जन की अंधी दौड़ में एक देश अपने पथ से विचलित होता हुआ जैसा दिख रहा है, परंतु भीतर से, सदियों से सँजाए संस्कार यों ही तो नहीं बदल जाया करते।

थाईलैंड अब भी मूल रूप से कहीं स्याम ही है। वहाँ से राजा भूमिबल अतुल्य तेज तथा रानी श्री कीर्ति आम लोगों की तरह आम लोगों से मिलते हैं, उनके सुख-दुःख के साक्षी बनते हैं। इक्कीसवीं शताब्दी में ऐसे संस्कार, इनके मूल में कोई यथार्थ तो होगा ही।

लौटते समय कुछ वाट (थाई सिक्के) बच गए हैं। उन्हें किसी अंधी वृद्धा के हाथ में रखकर, फिर उसी दिशा में लौटने लगते हैं, जहाँ से हम चले थे।

विमान पर चढ़ते-चढ़ते अचानक खयाल आता है कि कोयल के जैसी सुमधुर स्वरों वाली वह चिड़िया आज प्रातः क्यों नहीं दिखलाई दी? कल जब हम उसे देखने के लिए वहाँ नहीं होंगे तो उसे कैसा लगेगा? लगता है थाईलैंड पीछे छूटने के बावजूद कहीं साथ-साथ चल रहा है।

(सन् : 2002)

□

स्मृतियों का शहर : नैनीताल

पूरे पचास, नहीं-नहीं, उससे कुछ महीने, कुछ दिन अधिक ही हुए होंगे अब!

यह वर्ष था सन् 1948, महीना जून-जुलाई। ब्रिटिश शासन को समाप्त हुए पूरा एक साल भी बीता नहीं था। स्वाधीनता से पहले की तरह बहुत से अंग्रेज अभी उसी तरह नैनीताल के निवासी थे। अधिकांश बँगले अभी तक उनसे ही सुशोभित थे। छोटे-छोटे बित्ताभर के सुंदर कुत्तों के गले में बँधी खूबसूरत डोरियाँ पकड़े, नुकीली लंबी एड़ी वाली सैंडिल पहले, संभ्रांत गौरांग महिलाएँ शाम को धुली-पुँछी सड़कों पर चहल-कदमी करती आम दिखती। हाँ, शायद माल रोड पर चलने का अधिकार भारतीयों को अब तक प्राप्त हो चुका था।

'लेकब्रिज' पर जब राज्य परिवहन की बस रुकी, मैं उससे उतरा तो गहरे हरे रंग के जल से लबालब भरी विस्तृत झील की ओर विस्मित सा देखता रहा—देर तक।

आसमान में बादल थे—काले-मटमैले। गहरा कुहासा झुर रहा था। रुक-रुककर बूँदाबाँदी हो रही थी। साथ ही दूर किसी चोटी पर धूप का एक पीला चकत्ता सा कुछ चमक रहा था।

धरती-अंबर के उस जलमय वातावरण में सैंवारी रंग की वह हरी ठंडी झील और भी ठंडी लग रही थी। बहुत घने लग रहे थे हरे वृक्षों से पूरी तरह आच्छादित गहरे हरे पहाड़! इस अजनबी, पराए, पत्थरों के शहर से कभी

इतनी आत्मीयता भी हो जाएगी, सोचा नहीं था!

फिर एक दिन पाँच साल, हाँ, पूरे पाँच साल इस शहर के साए में बिताकर, जब यहाँ से विदा हुआ तो सहसा लगा जैसे यह शहर भी हमेशा-हमेशा के लिए मेरे साथ अनायास हो लिया है। गत पाँच दशकों तक, जहाँ-जहाँ मैं जाता, साए की तरह यह भी साथ-साथ चलता रहा। किशोर वय की स्मृतियाँ शायद पत्थर पर उकेरी गई लकीरों की तरह अमिट होती हैं, मिटाने पर भी कहीं मिटती नहीं। इसलिए इससे दूर होकर भी किसी-न-किसी रूप में इसके नैकट्य का अहसास होता रहा।

जब मैंने 'तुम्हारे लिए' उपन्यास लिखा तो लोगों ने कहा—अरे, यह तो सारा-का-सारा नैनीताल है! 'देखे हुए दिन', 'कहानी की कहानी' और कई संस्मरण, उनमें भी लोगों ने नैनीताल को खोज लिया। एक दिन देखता हूँ, मेरे नॉर्वे के संस्मरणों में भी अनायास नैनीताल उभर आया है। ओस्लो में अनेक फीयोर्ड और निर्मल झीलें हैं। वहाँ अपने आवास के निकट एक बड़ी सी झील है, जिसके किनारे प्राय: शाम को रोज जाया करता। उसमें साँझ के ढलते सूरज का प्रतिबिंब बड़ा मनमोहक लगता। एक दिन अमित भी था साथ। सहसा मैंने पूछा, 'बेटे, क्या यह झील ठीक नैनीताल जैसी नहीं लगती?'

सुना था स्मृतियों की अभिव्यक्ति से स्मृतियाँ धुँधला जाती हैं पर अब लगता है, जैसे धोने या पोंछने से साए नहीं धुलते, नहीं मिटते, उसी तरह स्मृतियाँ भी कहीं वैसी की वैसी बनी रहती हैं, बल्कि मिटने की अपेक्षा कहीं और भी उजली हो जाती हैं।

कुछ वर्ष पूर्व नैनीताल में 'तुम्हारे लिए' उपन्यास पर जब टेलीविजन धारावाहिक की शूटिंग आरंभ हुई, तब भी कुछ घंटों के लिए यहाँ आया था। ये जाड़ों के दिन थे। कड़ाके की सर्दी, बर्फ पड़ने लगी थी। नैनीताल में मैं वर्षों बाद बर्फ देख रहा था।

निर्माता, निर्देशक, कलाकार लोकेशन के बारे में बहस कर रहे थे, पर उस बंद दरवाजेवाले कमरे के भीतर बैठा मैं यहीं चालीस-पैंतालीस साल

पुराने नैनीताल को देख रहा था। देख रहा था, बजरीवाली खुली-खुली सड़कें, लड़िया काँटा, लैंड्स एंड, सूखा ताल, चाइना पीक, ठंडी सड़क, कास्थवेट हॉस्पिटल··· !

इस उपन्यास का तमिल भाषा में अनुवाद हुआ तो किसी ने बतलाया कि अनुवादक डॉ. एस. सुंदरम् नैनीताल से इतने प्रभावित हुए कि इसी निमित्त नैनीताल चले आए। देखें, क्या वैसा ही शहर है? इसका अंग्रेजी अनुवाद पढ़कर त्रिनिडाड से एक आप्रवासी भारतीय मित्र का पत्र आया कि अब जब भी वह भारत आएँगे, एक बार नैनीताल अवश्य जाएँगे।

पंजाबी, मराठी, उर्दू, कन्नड़, कोरियाई कई भाषाओं के माध्यम से अब तक वह अक्षरों में सिमटा नन्हा नैनीताल कई देशों-प्रदेशों की यात्रा कर आया है।

स्थानों का मोह बड़ा विचित्र होता है। नैनीताल निवासी स्वर्गीय पी. शर्मा, तब लंदन में पत्रकार थे, मैं उनके घर ठहरा था। एक शाम हम उनकी गाड़ी में उनके निवास के निकट अंग्रेजों की बस्तियों की ओर यों ही घूमने चल पड़े। उन्होंने बतलाया कि छुट्टी के दिन एक बार वे यहाँ से कुछ और आगे ल्युटन शहर की ओर गए थे। वहाँ पर सड़क के किनारे एक मकान पर 'नैनीताल लॉज' का बड़ा सा बोर्ड लगा देखकर अचरज से ठिठके।

वयोवृद्ध अंग्रेज गृहस्वामी से मिले तो वे गद्गद हो आए। नैनीताल से कोई आया है, उन्हें सच नहीं लग रहा था। उन्होंने अतिथि-सत्कार के पश्चात् बतलाया था कि वे नैनीताल में पैदा हुए थे। वर्षों तक अपने पिताश्री के साथ नैनीताल में रहे थे, बाद में सात समुंदर पार यहाँ अपने पैतृक देश में आकर भी नैनीताल को साथ लाना नहीं भूले। उसी की स्मृति में घर का नाम 'नैनीताल लॉज' रख लिया है।

इस बार मैं फिर स्मृतियों के इस शहर में हूँ। पता नहीं रात का कौन सा पहर बीत रहा है! बालकनी से नीचे झाँकता हूँ तो अंधकार में डूबा यह शहर अपने एक अलग रूप से दिख रहा है।

काले-काले पहाड़ों के साए, काली झील, सोया हुआ शांत काला जल!

चारों ओर सितारों की तरह टिमटिमाते बल्ब! नावें नींद में डूबीं। यॉट्स भी झुके-झुके से ध्यान की मुद्रा में हैं।

मैं सोचता हूँ, सचमुच यह क्षण कितना रोमांचकारी रहा होगा, जब भीषण जंगलों के बीच घिरी इस नई झील में पहली नाव तैरी होगी! उस नाव को उठाकर लानेवाला अंग्रेज पी. बैरन भी कुछ कम दुस्साहसी नहीं रहा होगा।

तब किनारे पर खड़े निरीह ग्रामीण कौतूहल से देख रहे थे—नाव और उसमें बैठे गौरांग महाप्रभुओं को। नैनी झील और उसके चारों ओर की पहाड़ियों पर सदियों से अपना स्वामित्व जतलाने वाले थोकदार नरसिंह को भी उन्होंने नाव में बिठला लिया था।

बीच झील में पहुँचकर कोरे कागज पर उसके हस्ताक्षर लेकर 'कंपनी बहादुर' उर्फ 'ईस्ट इंडिया कंपनी' को इसका आधिपत्य ही सौंप दिया था विवश होकर।

नैनादेवी मंदिर, कैपिटल थिएटर, नैनीताल क्लब! कहीं यहीं रहा होगा वह स्थान, जहाँ नैनीताल का सबसे पहला मकान 'पिलिग्रिम कॉटेज' बना था।

लगभग गत दो सौ सालों में कितना कुछ नहीं देखा, धीरे-धीरे सीमेंट में परिवर्तित होते इस सुंदर शहर ने!

—कभी सुना था, महर्षि अरविंद विवाह के बाद यहाँ आए थे।

—जिम कार्बेट की कुटिया आज भी साक्षी है, उस काल के जीवंत इतिहास की।

—गांधीजी की वह ऐतिहासिक यात्रा!

—महामना मालवीयजी की विश्वविद्यालय निर्माण की अनेक योजनाएँ यहाँ उभरी थीं।

—फील्ड मार्शल मानेक शॉ ने यहीं पढ़ा था।

—कांग्रेस अध्यक्ष आचार्य कृपलानी घोड़े पर सवार होकर जुलूस की शक्ल में तल्लीताल से मल्लीताल जाते हुए।

—डॉ. अमरनाथ झा, श्रीपाद अमृत डांगे का कॉलेज के सभागार में व्याख्यान।

—लेकब्रिज पर नन्हा सा तिरंगा फहराती राज्यपाल श्रीमती सरोजिनी नायडू की तेज गति से भागती कार।

आचार्य काका कालेलकर का वह अविस्मरणीय संस्मरण अभी भी कौंध रहा है, जब उन्होंने सांध्य-बेला में नाव से पाषाण देवी तक पहुँचकर, नाव में ही बैठकर सामूहिक प्रार्थना की थी विश्वशांति के लिए।

शहर मात्र पत्थरों का शहर ही नहीं, एक विचार भी होता है, एक सुकोमल भावना और यथार्थ के साथ-साथ एक सुंदर स्वप्न भी! स्थूल रूप में ही नहीं, वह कहीं स्मृतियों में भी जीता है—अनंत काल तक!

(सन् : 2000)

□

अरुणाचल : आग के साए में

केरल की हरियाली का अपना सौंदर्य है, परंतु अरुणाचल अपने ढंग का एक अलग ही प्रदेश है। घाटी, पहाड़, मैदान, ढलान—जहाँ तक दृष्टि जाती है—हरियाली-ही-हरियाली! हरियाली का हरित सागर जैसे चारों ओर लहरें ले रहा है। घने बाँस के भीषण वनों से लदे पहाड़ों को दूर से देखने पर लगता है, जैसे पूरे के पूरे पहाड़ पर एक बहुत बड़ा मखमली हरा कालीन बिछा दिया हो।

नीचे अँधेरी घाटियों में छन्-छन्, मन्-मन् करती अल्हड़ नदियाँ। शीशे की तरह पारदर्शी स्वच्छ जल, झरने, जलाशय।

आधुनिक सभ्यता के चरण-चिह्न यहाँ नहीं पहुँचे, इसलिए निःसर्ग का यह सौंदर्य अभी तक अक्षुण्ण है, अन्यथा हिमालय की अन्य पहाड़ियों की तरह यहाँ भी पहाड़ कब के नंगे कर दिए गए होते! नदियों का जल सूख गया होता! मानव जीवन के लिए वरदान के बदले ये अभिशाप का कारण बन गई होती।

सामने एक पुल है—लोहे का, नदी है, जो असम और अरुणाचल को विभाजित करती है।

अरुणाचल प्रदेश के पास अपना कोई रेलमार्ग नहीं है। राजधानी ईटा नगर पहुँचने के लिए भी असम के हवाई अड्डे लीलाबाड़ी की सहायता लेनी पड़ती है, जो ईटा नगर से 40-50 किलोमीटर से भी दूर है। आजादी के 35 साल बाद भी सभी जिलों के मुख्यालय परस्पर मोटरमार्ग द्वारा जुड़े हुए नहीं

हैं। तीन ओर से अरुणाचल है, बीच में असम का मैदानी भाग! एक स्थान से दूसरे स्थान तक पहुँचने के लिए बार-बार असम राज्य से होकर जाना पड़ता है।

झाबुआ से उत्तरी लखीमपुर, तिनसुकिया की ओर बढ़ रहे हैं हम। गाड़ी में एक पूर्वांचल विशेषज्ञ हैं। बतलाते हैं कि 15 अगस्त, 1947 से पूर्व पूरे अरुणाचल में मात्र चार व्यक्ति शिक्षित थे, कोई भी मोटरमार्ग नहीं था। एक भी अस्पताल नहीं। तारघर नहीं, बिजली नहीं, सारा प्रदेश अंधकार में था।

यह प्रकाश में आया, चीनी आक्रमण के समय—सन् 1962 में। जब चीनी सेनाएँ तवांग से आगे तक आ गई थीं। सारे देश की प्रतिष्ठा दाँव पर लगी थी—तब हमारे नेताओं को खयाल आया, इस प्रदेश में तो एक भी ऐसी सड़क नहीं, जिसे आसानी से उपयोग में लाया जा सके···

देवमाली पहुँचते-पहुँचते दोपहर हो गई। ज्यों-ज्यों आगे बढ़ते हैं—जंगल घने और घने होते चले जा रहे हैं। आसमान को छूते विशाल वृक्ष। उनके बीच में धागे सी पतली सड़क पर चींटी सी रेंगती गाड़ी आगे की मंजिलें तय कर ही है।

नामसांग नदी के पुल के पश्चात् बस्ती दिखलाई देती है। लकड़ी का कारखाना, खेत, बाँस के छोटे-छोटे मकान बिल्कुल समीप आ गए हैं।

'ये नाहर के वृक्ष हैं, जिन्हें 'इंडियन आयरन ट्री' भी कहते हैं,' वन-विभाग के एक उच्च अधिकारी श्री भट्टी बतला रहे हैं, 'ये हालौंग के पेड़ हैं। एक वृक्ष को पूरी तरह से तैयार होने में लगभग सौ साल लग जाते हैं। एक पेड़ की कीमत 40 हजार से 60 हजार रुपए तक होती है। इससे उम्दा किस्म का प्लाइवुड बनता है।'

हालौंग का वृक्ष एकदम सीधा, चिकना, आकाश पर सिर उठाए खड़ा है। विशाल नदी में दो वृक्षों को समानांतर डालने से ही पक्का पुल तैयार।

वन विभाग के अधिकारी नर्सरी में ले जाते हैं, पान के पौधे हैं। बहुत अच्छी किस्म के तंबाकू के चौड़े-चौड़े पत्ते, काली मिर्च की बेलें, कोकोआ के पेड़, कॉफी के पौधों पर सफेद फूल खिल आए हैं। अरुणाचल की शस्य

श्यामला धरती पर नए प्रभात के सुनहरे सपने साकार हो रहे हैं।

'मैं चौदह साल अंडमान-निकोबार में रहा। पाँच साल गोवा में, लगभग सात-आठ साल से यहाँ हूँ। यहाँ की जितनी उपजाऊ भूमि मैंने कहीं नहीं देखी। आदमी को काटकर जमीन में गाड़ दो तो वह भी उग आएगा''।' श्री भट्टी गंभीरतापूर्वक कहते हैं।

श्री भट्टी पंजाब के हैं।

'सरदारजी, इन पौधों को कहाँ-कहाँ लगा रहे हैं ?' साथी पत्रकार पूछते हैं।

'सारियाँ थाँवा ते वाश्शाओं।'' अभी समय कम है, नहीं तो प्लांटेशन आपको जरूर दिखलाते। नाम सान मुख आसरम जाते समय आपको रस्ते भर प्लांटेशन-ही-प्लांटेशन नजर आएँगे।'

सारी जिंदगी जंगलों में बिता दी। चेहरे पर अब भी कितना उत्साह है।

भोजन के पश्चात् यहाँ से छह-सात मील दूर—नरोत्तमनगर पहुँचते हैं। यहाँ पर रामकृष्ण मिशन का स्कूल है। 260 छात्र पढ़ते हैं—निःशुल्क।

नगालैंड, मिजोरम में ईसाई मिशनरियों के स्कूलों का जाल बिछा है, जो इन आदिवासियों को भारतीय की अपेक्षा 'अ-भारतीय' बनाने में अधिक सहायक हो रहे हैं—विदेशी धन के कुप्रभाव के कारण। अरुणाचल को इस बीमारी से कैसे बचाया जाए, यही सोचकर राज्य सरकार ने धर्मनिरपेक्ष, राष्ट्रीय भावनाओं के पृष्ठपोषक विद्यालयों को खोलने का प्रयास किया जहाँ आदिवासी छात्रों को उनकी अपनी संस्कृति, अपनी 'डोनीपोलो' धर्म के साथ, सही अर्थों में आदर्श भारतीय नागरिक बनने की भी शिक्षा दी जाती है। इसलिए अरुणाचल में अधिकांश बाल-विद्यालय रामकृष्ण मिशन और विवेकानंद संस्थानों की सहायता से चल रहे हैं।

नामसांग और बडटुड़िया—दो जनजातियों के मुखिया अपने वनों की आय का एक बहुत बड़ा हिस्सा प्रति वर्ष इन विद्यालयों को अनुदान के रूप में देते हैं। विद्यालयों का 75 प्रतिशत खर्चा इनसे पूरा होता है। शेष राशि सरकार देती है।

इस पब्लिक स्कूल में 260 विद्यार्थी अध्ययन करते हैं, जिन पर प्रतिवर्ष लगभग 20 लाख रुपए व्यय होते हैं। 'सर्वधर्म समभाव' के ये केंद्र पूर्वांचल में नई आशाओं के प्रतीक हैं। विदेशी धन की सहायता से चलने वाले विद्यालयों से किसी भी बात में कम नहीं।

दीवार के सहारे एक बच्चा खड़ा है।

'तुम बड़े होकर क्या बनोगे?' पूछता हूँ हिंदी में।

वह चट से उत्तर देता है, 'नेवी में भरती होकर देश की रक्षा करूँगा।'

यह सब शिक्षा एवं संस्कारों का प्रभाव है। यदि नगालैंड, मिजोरम में भी इसी तरह विद्यार्थियों का विकास होता तो संभवतः अपने ही देश में अपने ही लोगों में विदेशीपन देखने को नहीं मिलता!

'भारतीय विद्या भवन' के प्रबंधकों से भी अरुणाचल के उपराज्यपाल ने अनुनय किया था कि देश के इस पिछड़े हुए नाजुक प्रदेश में भी अपनी शाखाएँ खोलें, परंतु उनका कोई संतोषजनक उत्तर नहीं मिल पाया था। शायद उनके लिए लंदन या न्यूयॉर्क में इसकी शाखाएँ खोलना अधिक हितकर लगता है। देश का क्या है! वह भाड़ में भी चला जाए तो क्या अंतर आता है!

शाम के चार बज रहे हैं। हम तिरप जिले के मुख्यालय खोंसा की ओर जा रहे हैं।

भयावने वन हैं—एकदम अँधेरे।

'यहाँ चोरी-डकैती नहीं होती?' अरुणाचल के मूल निवासी एक अधिकारी हमारे पास बैठे हैं, उनसे पूछता हूँ।

'नहीं!'

'इन जंगलों में लोग अकेले निकल जाते हैं—सुरक्षित?'

'जी हाँ, लड़की भी अकेली जाती है, कहीं कोई डर नहीं।'

'तो दिल्ली के मुकाबले तो यह बहुत अच्छी जगह है...।'

'हाँ, यहाँ पुलिस नहीं होती है न! चोरी-डकैती भी नहीं होती। बलात्कार का तो प्रश्न ही नहीं...।' वह इतने भोले भाव से कहता है कि सब लोग सहसा हँस पड़ते हैं।

'हमने कहीं कोई भिखारी नहीं देखा।' कुछ रुककर मैं कहता हूँ।

'यह शरम की बात है। हमारे यहाँ एक भी भिखारी आपको नहीं मिलेगा। पहले असम में भी नहीं थे, पर अब वहाँ बहुत हैं।'

भोगापानी के पास लकड़ी चीरने की मशीन है।

'यहाँ के ट्राइवल चीफ की एक पत्नी पंजाब की है।' वह बतलाता है।

जंगली केले के जंगल हैं।

अँधेरा घिर आया है।

खोंसा पहुँचते-पहुँचते रात के नौ बज जाते हैं। सारे शहर में काली चादर तनी है। अभी-अभी बिजली चली गई है।

अरुणाचल के नौ जिलों में तिरप इस समय सबसे अधिक समस्याओं से घिरा है। इसके दक्षिण में नगालैंड, पूर्व में बर्मा की सीमा है।

बर्मा होकर चीन जाने वाले विद्रोही नगाओं के लिए तिरप गलियारे का काम कर रहा है।

जिस जाति के लोग नगालैंड में हैं, उसी जाति के तिरप के सीमावर्ती क्षेत्रों में भी आबाद हैं। उन्हीं में से कुछ लोग बर्मा की सीमा के उस पार भी रहते हैं। इससे विद्रोही नगाओं को छिपने में, छिप-छिपकर जाने में बड़ी सहायता मिल जाती है।

एक व्यक्ति बतलाते हैं कि सीमावर्ती क्षेत्र में सेना, केंद्रीय रिजर्व पुलिस तथा स्थानीय पुलिस में उचित तालमेल नहीं है, जिसका लाभ विद्रोही नगाओं को मिलता है। वे आसानी से भोले-भाले लोगों को लूटकर ले जाते हैं। पिछले दिनों एक पोस्ट पर अटैक हुआ और कुछ सैनिकों को मार डाला गया था। सेना ने इसके बाद अपने पोस्ट कुछ पीछे कर लिए जिससे सीमावर्ती ग्रामीण अपने को और भी असुरक्षित अनुभव करने लगे हैं। बहुत से आदिवासी भय के कारण भी विद्रोहियों को सहायता पहुँचाने के लिए विवश होते हैं।

तिरप क्षेत्र में सबसे अधिक आंतक है फादर जौब का। बतलाया जाता है कि फादर जौब के पास पानी की तरह बहाने के लिए विदेशी पैसा है।

'वह मुफ्त में लोगों को खाने के लिए चावल देता है, मिथुन देता है।

बच्चों को पढ़ाने के वास्ते पैसा देता है। पहनने के वास्ते कपड़े।' खोंसा का एक निवासी कहता है, 'इस पर भी लोग अपना धर्म नहीं बदलते तो वह फिर धमकी देता है कि धर्म नहीं बदलेगा तो मारेगा...।'

खोंसा के डिप्टी कमिश्नर ने जो स्वयं 'डोनीपोलो' मजहब को मानते हैं, बतलाया, 'कुछ समय पहले फादर जौब कार्पेंटर बनकर यहाँ आए थे—भेस बदलकर। बाद में संदेह होने पर पकड़े गए तो वापस भेज दिया। बिना परमिट के बाहर का कोई व्यक्ति यहाँ आ नहीं सकता...।'

सन् 1976 से 78 तक—तीन वर्षों में उत्तर-पूर्वी क्षेत्र के मिशनरियों को 59 करोड़ की विदेशी धनराशि प्राप्त हुई थी।

लोग कहते हैं—छात्रों और बेरोजगार लड़कों को चर्च के लोग पास बुलाते हैं और फिर पैसा देकर धर्म-प्रसार का काम करवाते हैं।

मुफ्त में ढेर सारे पैसे मिलने के कारण लोग श्रम करने से कतराते हैं। इसलिए ग्रामीण-विकास के बहुत से कार्यों में भी बाधा उपस्थित हो रही है।

सुबह 'शारदा मिशन' द्वारा संचालित 'शारदा स्कूल' देखने जाते हैं, जहाँ की अनुशासित छात्राएँ प्रार्थना कर रही हैं—

'मैं भारतीय हूँ, भारत मेरा देश है, समस्त भारतीय मेरे बंधु हैं। भारतभूमि मेरे लिए सबसे बड़ा स्वर्ग है। भारत का हित, मेरा हित है।'

'प्रार्थना भवन' में राम, कृष्ण, ईसा, नानक—सभी के चित्र हैं।

तिरप का ही दूसरा महत्त्वपूर्ण शहर है—म्याओ, खोंसा से उत्तर-पूर्व की दिशा में स्थित।

मारघेरिटा के पश्चात् फिर असम क्षेत्र पार करना है, चाय के बागान, सुपारी के वृक्ष, बाँस के वन। लीडो में कोयले की खानें हैं।

नामचिक पर नदी का पुल है, जहाँ से फिर अरुणाचल में प्रवेश करते हैं।

खरसांग के इस क्षेत्र में सन् 61 से पेट्रोलियम का पता लगाने का काम चल रहा है। नौ कुएँ खोदे जा चुके हैं, जिनमें आठ में तेल मिल गया है। हम उस स्थान पर भी जाते हैं, जहाँ कल से दसवें कुएँ की खुदाई आरंभ होनी है।

ड्रिलिंग-रिग भारत में ही बनी है, जिसकी लागत 15 करोड़ रुपए है।

अभी 43 कुएँ और खोंदे जाने हैं, जिन पर लगभग 29 करोड़ की धनराशि व्यय होगी। सन् 1983-84 से तेल निकाले जाने का कार्य आरंभ होगा। एक मिनी मोबाइल रिफायनरी स्थापित की जा रही है, जिसे आसानी से एक स्थान से दूसरे स्थान तक ले जाया जा सकेगा।

आरंभ में प्रति वर्ष 30 करोड़ रुपए मूल्य का तेल प्राप्त होगा।

इसी के निकट क्षेत्र में अच्छी किस्म का कोयला भी मिला है—झरिया की खानों जैसा।

55 वर्ग मील क्षेत्र में पेट्रोलियम की खोज का काम तेजी से चल रहा है।

खरसांग में भी एक 'विवेकानंद स्कूल' है।

तिब्बती शरणार्थियों की बस्ती। जहाँ राज्य सरकार ने कालीन बनाने का उद्योग आरंभ किया है।

शाम को नवादिनी नदी तट पर स्थित म्याओं पहुँचते हैं। नदी के उस पार-लगभग 16 किलोमीटर की दूरी पर है, पूर्वी पाकिस्तान से आए बौद्ध धर्मावलंबी चकमा शरणार्थियों की बस्ती। ये लोग जब भारत आए थे, तब इनकी संख्या 12 हजार थी, अब 20 हजार से ऊपर है।

झाबुआ, लीलाबाड़ी और फिर अरुणाचल की राजधानी—ईटा नगर।

असम की सीमा के समीप बसा आधुनिक नगर।

यहाँ के मूल निवासी अपने पारंपरिक परिधान में घूमते हैं। प्रायः हर व्यक्ति के बगल में नंगा गँडासा सा हथियार 'दाब' बँधा रहता है।

ईंट के पुराने किले के अवशेष अभी तक मिल जाते हैं, संभवतः ईंट के नाम पर ही इसका नाम ईटा नगर पड़ा हो!

नया ईटा नगर बनकर लगभग तैयार है।

मुख्यमंत्री गेंगो अपांग ने स्वयं अपने प्रयत्नों से एक बाल विद्यालय स्थापित किया है—'डोनीपोलो स्कूल', जो रामकृष्ण मिशन की जैसी प्रणाली पर चल रहा है। रामकृष्ण मिशन द्वारा स्थापित एक बहुत बड़ा अस्पताल भी बन रहा है, कुछ भाग बन भी चुका है।

यहाँ सरकारी इंपोरियम हैं, पर उसमें विशेष आकर्षण की कोई वस्तु नहीं दिखती—काँसे के मिथुन के अलावा।

यहाँ सूरज देश के अन्य भागों की अपेक्षा लगभग एक घंटा पहले उदय और एक घंटा जल्दी अस्त होता है।

शाम होने को है।

पश्चिमी दिशा में आकाश पर एक रक्त-वृत्त सा दिखलाई दे रहा है—थाली के बराबर। घास का पतला सा पत्ता उस पर बिखरा हुआ है—जीवंत पेंटिंग सा लग रहा है।

मैं देखता हूँ, देखता रह जाता हूँ!

मेरे साथी भी उसी मुग्ध-भाव से देखते हैं और देखते रह जाते हैं।

सूरज डूब रहा है।

ऐसा रक्तवर्णीय सूरज मैंने कभी भी नहीं देखा।

ईटा नगर के अलावा लोवर सुवनसिरी जिले में एक और महत्त्वपूर्ण नगर है—जीरो, आपातानी-घाटी में बसा यह नगर आपातानी आदिवासियों की संस्कृति का केंद्र है।

प्रात: होते ही जीरो के लिए रवाना हो पड़ते हैं। हलके-हलके बादल हैं, सड़क के दोनों ओर निशि आदिवासियों की बाँस की बस्तियाँ हैं। यूकेलिप्टस के नन्हे-नन्हे वृक्ष।

हारमती (असम) के पास कलंदर स्वामी का आश्रम है। इस समय कक्षाएँ चल रही हैं—आर ए टी-रैट, सी ए टी-कैट…

'अरुणाचल के जो लोग सामान खरीदने के लिए हारमती आते हैं, उनके छोटे-छोटे बच्चों को पकड़कर ये जबरदस्ती ईसाई बना डालते हैं।' एक सज्जन बतला रहे हैं।

अरुणाचल-असम की सीमा पर पादरियों ने अनेक ऐसे स्कूल खोल रखे हैं, जिनमें प्राय: अरुणाचल के ही छात्र पढ़ने आया करते हैं। अरुणाचल में स्कूल खोलने की अनुमति नहीं मिल पाती, अत: यह स्थान सुरक्षित है।

लखीमपुर से आठ मील पहले ही एक रास्ता उत्तर की ओर जाता है,

जीरो के लिए, जैसे ही पहाड़ियाँ आरंभ होती हैं, अरुणाचल राज्य आ जाता है।

असम-अरुणाचल सीमा पर एक स्कूल और है—'प्रांतीय समाज कल्याण आश्रम' नाम से। यहाँ छात्रों को हिंदी माध्यम से शिक्षा दी जाती है। इसी के साथ 'राष्ट्रभाषा महाविद्यालय' भी है। छात्रों की कुल संख्या लगभग नौ सौ है।

पानी से मछली की जैसी गंध आ रही है।

छोटी सी बालिका बुलो याखी—नीली, लाल और सफेद पट्टीवाली लुंगी पहने है। आँखें बंद करके गा रही है—

'आओ जी, क्रिसन कन हय्या···'

टसोन्या छात्राओं को करघे पर कपड़ा बुनना सिखा रही है।

थल-पद्म के हरे-भरे वृक्षों पर ढेर सारे पीले फूल गुँथे हैं।

नंगे काले बच्चे बड़ी सी कड़ाही डंडे पर रखकर ले जा रहे हैं।

सामने बोर्ड पर लिखा है—जीरो 94 मील! अरुणाचल की सीमा फिर आरंभ हो गई है। बाँस की चटाई के घर, पेड़ों पर लिपटी कालीमिर्च की हरी बेलें, आसमान में सिर उठाए पहाड़, पूरा पहाड़ बाँस के वनों से लदा पड़ा है, कहीं सुई की नोक के बराबर भी धरती नहीं दिखती।

रंगा नदी का काला जल विशाल पत्थरों से टकरा रहा है।

जीरो से जुड़ा कस्बा है—हापुली।

शाम को हापुली में ही विश्राम करने की योजना बनती है।

यहाँ बेहद सर्दी पड़ती है, बर्फ भी गिरती है, कश्मीर की जैसी विशाल घाटी बीच में टीले की तरह उभरी दो नन्ही पहाड़ियाँ—ऊँट की पीठ जैसी।

चारों ओर आपातानी लोगों के धान के क्यारीनुमा खेत हैं, जिनमें भरा पानी साफ चमक रहा है, सामने ही जीरो है, जीरो में एक हवाई अड्डा भी है।

कृषि के क्षेत्र में आपातानी भारत के सबसे उन्नत लोगों में से हैं। सदियों से ये प्रति वर्ष 'वन महोत्सव' मनाते हैं। पहाड़ों में, घाटियों में जहाँ भी जगह

दिखती है, वृक्ष लगा देते हैं। धान के तलाऊँ खेतों में धान के पौधों के साथ नन्ही-नन्ही मछलियाँ भी बिखेर देते हैं।

धान के साथ-साथ मछलियाँ भी कुछ ही महीनों में तैयार हो जाती हैं—खाने के लिए।

पनचक्की की सहायता से धान कूटते हैं।

शाम को इनके गाँव जाते हैं।

एक घर में प्रवेश करते हैं।

मिथुन का कच्चा मांस आग में भूना जा रहा है। आग के चारों ओर बैठे लोग अपौंग पी रहे हैं। डोनीपोलो धर्मानुयायी लोग बड़े परिश्रमी हैं। गाँवों में परिवार की तरह मिलजुलकर रहते हैं।

'गत वर्ष यहाँ 80-90 घर जलकर राख हो गए थे। जब तक उपराज्यपाल और सरकारी कर्मचारी सहायता के लिए पहुँचे, तब तक आधे से अधिक घर बनकर तैयार भी हो चुके थे।'

यहाँ सरकारी नहीं, गाँव में 'केवांग' की अदालत का ही न्याय माना जाता है। हत्या के बदले हत्या का दंड नहीं देते, बल्कि हत्यारे को यह सजा मिलती है कि वह अपने परिवार के साथ-साथ उस परिवार की भी देखरेख करे, जिसके मुखिया की हत्या कर दी गई है, जब तक कि अनाथ बच्चे अपने पाँवों पर खड़े नहीं हो जाते, उसे वह व्यवस्था कायम रखनी ही होती है।

सुबह हापुली से फिर यात्रा आरंभ होती है। याचुली, किमिन और फिर लीलाबाड़ी की ओर।

आर्थिक विकास के साथ-साथ अरुणाचल की सबसे बड़ी समस्या प्राचीन मानवीय जीवन मूल्यों का हास न हो, इसके लिए वे कृत संकल्प हैं। वे स्वभाव से निश्छल हैं, परिश्रमी।

कुछ विदेशी तत्त्व इसके लिए भी सचेष्ट हैं कि अरुणाचल के लोगों को ईसाई बनाकर उत्तर-पूर्वी क्षेत्र में एक ईसाई बहुल पट्टी तैयार कर दी जाए। और फिर एक दिन पूरे पूर्वांचल को नया राजनीतिक रंग दे दिया जाए। कहा जाता है कि केवल डिब्रूगढ़ के पादरी जोजफ़ का एक साल का बजट

अरुणाचल सरकार के पूरे वर्ष भर के बजट से अधिक होता है।

यदि यह सच है तो यह विदेशी धन भारत की इस धरती में क्या गुल खिलाएगा—यह रहस्य किसी से छिपा नहीं। यह पूर्वांचल का ही नहीं, पूरे भारत की अस्मिता की रक्षा का भी प्रश्न है।

(सन् : 1982)

□

बर्गन की स्मृतियाँ

नॉर्वे के पश्चिमी तट पर बसा यह नगर अनेक स्मृतियों से जुड़ा है। सन् 1982 में जब पहली बार नॉर्वे गया तो एक दिन शफीक ने कहा, 'लौटने से पहले कुछ और स्थान क्यों न देख लिए जाएँ! त्रोंदहाइम, क्रिस्तियांसन, बर्गन…।'

उसने प्रश्नसूचक दृष्टि से मेरी ओर देखा था।

नॉर्वे आकर पता नहीं, क्यों मुझे सदैव एक तरह का अपरिचय, एक प्रकार भय सा रहा—हिम-मंडित विशाल भूखंडों को देखकर! जहाँ तक दृष्टि जाती सर्वत्र वीरान से पहाड़-ही-पहाड़ दिखते, अंतहीन वन, झीलें फटी चादरों की तरह इधर-उधर ही नहीं, सर्वत्र बिखरी हुईं। इन भूखंडों में आबादी नहीं के बराबर दिखती है, फिर लोग भला यहाँ कैसे रहते होंगे? टेलिमार्क या लिले हामर जाते हुए बियाबान वनों में जंगली पशुओं की तरह स्वच्छंद रूप से विचरण करती पालतू भेड़ों को देखकर एक दूसरी ही अनुभूति होती है। इन जंगलों में शेर नहीं रहते। ग्वाले यों ही अपनी भेड़ें कुछ अरसे के लिए जंगलों के हवाले छोड़ जाते हैं।

इस वीराने में आबादी से दूर, कहीं दूर, किसी अपरिचित स्थान में जाने को मन नहीं करता था।

ओस्लो से बर्गन की दूरी चार-पाँच सौ किलोमीटर से कम क्या होगी!

ओस्लो में बसे किन्हीं आप्रवासी मित्र ने एक दिन बातों ही बातों में बतलाया कि बर्गन में एक भारतीय भी रहते हैं। गांधीवादी विचारधारा के

हैं—विशुद्ध भारतीय! नाम है—श्री देवी पुरस्कार पांडे!

तब सहसा मैं चौंक पड़ा था।

अरे, इन्हें तो मैं जानता हूँ।

आचार्य काका कालेलकर ने बहुत पहले एक बार बतलाया था कि वे हमारे घर की तरफ लोहाघाट (उत्तराखंड) जाने का कार्यक्रम बना रहे हैं। वहाँ के एक उत्साही सर्वोदयवादी कार्यकर्त्ता देवी पुरस्कार एक शिविर के समारंभ समारोह में उन्हें आमंत्रित कर रहे हैं।

काका साहब अनेक कष्ट उठाकर उस सुविधाहीन पर्वतीय क्षेत्र में गए। लौटने पर खट्टे-मीठे ढेर सारे अनुभव बतलाते रहे।

फिर कुछ अरसे बाद एक शाम राजघाट, नई दिल्ली के समीप शाम को घूमते समय किन्हीं मित्र ने परिचय कराया था, 'ये ही हैं, श्री देवी पुरस्कार पांडे! कौसानी में कुछ रचनात्मक कार्य कर रहे हैं…।'

मैं देखता रहा—दुबला-पतला शरीर, विशुद्ध खादी के कपड़े, सरल स्वभाव, व्यवहार में अतिरिक्त विनम्रता, सिर पर चोटी, बातचीत का लहजा ठेठ पर्वतीय!

कुछ ही क्षणों में वे सबकी उपस्थिति भूलकर मुझसे कुमाऊँनी में ही बातें करने लगे थे। इतने घुल-मिल गए कि लगा नहीं परिचय अभी-अभी हुआ है!

वे ही देवी पुरस्कार पांडे अब बर्गन में है, जानकर अच्छा लगा!

पता नहीं, तब से क्यों बर्गन मुझे अपरिचित सा, वीरान सा नहीं लगा!

नॉर्वे की दूसरी यात्रा में उनसे फिर संपर्क हुआ—दूरभाष पर, पत्रों के माध्यम से भी, फिर ओस्लो से लंदन लौटते समय मैं एक रात बर्गन में रुकूँ तो उन्हें अच्छा लगेगा—उनका आग्रह था।

सचमुच जब यात्रा के बीच बर्गन में रुकने की अनुमति 'ब्रिटिश एयरवेज' ने दे दी तो मैंने अपने कार्यक्रम में किंचित् परिवर्तन कर दिया था।

बर्गन के हवाई अड्डे पर उतरा तो वह वहाँ उपस्थित थे।

इतना सरल, सहज व्यक्ति, पश्चिम की इस चकाचौंध भरी इस दुनिया में भला कैसे रहता होगा, मैं देर तक सोचता रहा था।

घर पहुँचकर लगा नहीं कि किसी पराए घर में आया हूँ।

वहाँ की व्यवस्था भी ठेठ भारतीय, ठेठ पर्वतीय।

रात को देर तक वे बातें करते रहे—देश-विदेश की, घर की, बाहर की।

शाम को कुछ आप्रवासी मित्रों के घर ले जाना भी न भूले थे। मेरे दाएँ पैर का मोजा आगे से किंचित् फट गया था, नाखून के बढ़ने के कारण। नाखून में कष्ट था, इसलिए बार-बार काटना संभव न था, इलाज चल रहा था।

घर लौटकर देखता हूँ, मेरे नीले सूट से मेल खाता एक हलके नीले रंग का वैसा ही मोजा वे सिरहाने पर चुपचाप रख गए हैं।

तब मुझे अटपटा सा लगा। सहसा बात मेरी समझ में आ न पाई, क्योंकि स्वयं मेरे पास एक-दो जोड़े मोजे अटैची में रखे थे।

रात को खयाल आया कि मित्रों के घर ड्राइंग-रूम में प्रवेश करते समय बार-बार मुझे जूता उतारना पड़ता था, तब मेरे फटे मोजे पर संभवतः उनकी दृष्टि पड़ी हो।

उनका दिल न दुखे, इसलिए चुपचाप मैंने मोजे रख लिए थे।

सर्दी शुरू हो गई थी, बर्गन वर्ष भर बरसने के लिए बदनाम है, शाम होते ही उसने हमें भी अपना रंग दिखलाना आरंभ कर दिया था। फिर भी रेनकोट और छतरी लिए हम बर्गन का जायजा लेते रहे। सर्दी हड्डियों में घुसकर अपना असर करती रही।

स्वच्छ सड़कें, देवदार के ढलानों पर, अलग-अलग टुकड़ों में बसी छोटी-छोटी आधुनिकतम बस्तियाँ! सुख-चैन के सभी साधन।

अनेक बस्तियाँ, बाजारों को पार करते हुए हम एक 'रोप-वे' से देखते-देखते बर्गन की छत पर जा पहुँचे थे।

पहाड़ी की ऊँची चोटी से कैसा लग रहा था, वह शहर जिसे अब से लगभग ग्यारह सौ वर्ष पूर्व राजा ओलाव ने बसाया था। नॉर्वे का यह सबसे पुराना शहर, लाल-लाल छतों की छतरी ओढ़े, हरियाली के सागर के बीच तैरता कितना मोहक लग रहा था!

कभी नॉर्वे की राजधानी रहा यह नगर यद्यपि अब उतनी हलचलों का केंद्र नहीं रहा, फिर भी अनेक रहस्य अब भी अपने में समाए हुए है। दूर गिरजाघरों की नुकीली छतें दिख रही हैं, पुराने महल भी। उन स्वर्णिम दिनों की अनेक यादें, जो आज अतीत का इतिहास बन गई हैं।

नीला सागर, धरती के भीतर दूर-दूर तक घुस आए फीयोर्ड! तैरती रंगीन नौकाएँ, बड़े-बड़े जलयान, इस सोए शहर में भी कहीं कितनी हलचल है। राजधानी न सही, पर देश-विदेश को हजारों-लाखों टन मछलियाँ भेजकर नॉर्वे की समृद्धि में यह पश्चिम का द्वार सदियों से कर्त्तव्यनिष्ठा के साथ अपनी सहभागिता निभा रहा है।

उत्तर की ओर यानी ट्रम्सो की दिशा में यानी ध्रुव प्रदेश के प्रांगण में प्रवेश करने को आतुर जल-जहाज धीरे-धीरे पानी की रेशमी चादर के ऊपर अनायास फिसलते जा रहे हैं। पीछे अनेक सफेद सिलवटें बिखर रही हैं—मात्र एक लकीर में बदलकर ओझल होती हुई।

एक नहीं, सात शृंग एक साथ दिख रहे हैं—गरदन ऊपर उठाए, पांडेजी वहाँ के बारे में बतलाते चले जा रहे हैं—

जब हम वर्षों पहले यहाँ आए थे तो कैसा था यह शहर! इस दिशा की बस्ती को 'पुराना शहर' कहा जाता है। सागर तट से लगा यह सारा शहर 'नया बर्गन' कहलाता है।

पांडेजी के हाथ यद्यपि उनके लंबे गरम बरसातीनुमा कोट के भीतर दुबके हैं, फिर भी सर्दी का प्रकोप चेहरे की राह झाँके बिना नहीं रहता।

मीठे पानी की मछलियाँ।

खारे पानी की मछलियाँ।

मछलियाँ-ही-मछलियाँ हैं!

पर शाकाहारी, अहिंसक पांडेजी को इन सबसे क्या!

उसी 'रोप-वे' से फिर हम नीचे उतरते हैं।

एक रेस्तराँ में चाय पीने के निमित्त बैठ जाते हैं, सर्दी का प्रभाव कम करने के लिए।

अभी इतनी सर्दी है तो भरपूर जाड़ों में क्या होता होगा? यह मेरे लिए रहस्य सा ही बना रहा।

कुहरा झुर रहा है।

साँझ ढल चुकी है।

शनैः-शनैः अंधकार का प्रभाव बढ़ता चला जा रहा है।

डेरे पर लौटकर नॉर्वे और विशेषतः बर्गन के विषय में कुछ पठनीय सामग्री मेरे लिए जुटाकर वे अपने अन्य कार्यों में जुट जाते हैं। सुबह तड़के मुझे निकल जाना है न।

सचमुच यह मेरे लिए कम आश्चर्य की बात न थी कि भारत से हजारों मील दूर इस दूर देश में रहकर भारतीय अपने भारतीय संस्कारों एवं मान्यताओं को किस तरह बचाए रख सकता है? उनके बच्चे सुबह-शाम वैसे ही पूजा की मुद्रा में बैठकर एकाग्र भाव से नित्य प्रार्थना करते हैं। संस्कृत के कई श्लोक नित्य दोहराते हैं। उनमें भी वे ही मूलभूत संस्कार हैं, जो मनुष्य को कहीं और अधिक मनुष्यत्व की ओर ले जाने में सहायक होते हैं। आज के तथाकथित धर्म से, सीमाओं से दूर एक विश्व बंधन का धर्म!

सबके प्रति सहिष्णुता, सबके प्रति आत्मीयता। एक सौहार्दपूर्ण मानवीय दृष्टिकोण।

इससे अधिक विरासत में अपनी नई पीढ़ी को कोई और दे भी क्या सकता है? इस कार्य में उनकी सह-धर्मिणी उनसे भी दो कदम आगे दिखीं।

भारतीय-उत्सव, भारतीय त्योहार उनकी ही प्रेरणा से बर्गन के आप्रवासी प्रतिवर्ष जिस आस्था एवं श्रद्धा से मनाते हैं, कहते हैं, वह देखने लायक होता है।

आप्रवासी भारतीयों की समस्याओं पर वे उस रात विस्तार से बातें करते रहे। अधिकांश की विडंबना यह है कि वे न तो अपने पुराने संस्कारों को भली-भाँति सहेजकर रख पाए, और न पाश्चात्य संस्कृति को ही पूर्ण रूप से आत्मसात् कर पाना उनके लिए संभव रहा। आधुनिक सभी सुख-सुविधाएँ जुटाने में वे सफल अवश्य हुए हैं, परंतु अपनी नई पीढ़ी के प्रति वह आश्वस्ति

का भाव उनमें कहीं झलकता दिखता नहीं। यही उनकी चिंता का सबसे बड़ा कारण है।

बच्चों का रुझान मूल्यहीन भोगवादी स्वच्छंद संस्कृति की ओर है, और वे स्वयं पुरानी मान्यताओं को अपने कलेजे से लगाए फिर रहे हैं। घर से भी अधूरे, बाहर से भी पूरे नहीं!

पता नहीं कितनी देर तक बातों का यह सिलसिला चलता रहा!

सुबह उठते ही भागने की तैयारी!

दौड़ते-दौड़ते हवाई अड्डे पहुँचे तो शायद कुछ विलंब हो गया लगता था। मैं लपककर चेकिंग के काउंटर पर पहुँचा ही था कि सहसा खयाल आया—उनकी छतरी तो मेरे ही साथ चली आई है, हाथ में पकड़ी हुई!

मैं बाहर की ओर दौड़ता हूँ।

देखता हूँ, दूर शीशे की दीवार से ही पांडेजी हाथ हिलाकर इशारा कर रहे हैं, 'ले जाइए! विमान निकल जाएगा!'

जैसे-तैसे छतरी उन्हें सौंपकर लौटता हूँ तो पता चलता है, मैं ही वह अंतिम यात्री हूँ, जिसका नाम माइक पर बार-बार पुकारा जा रहा है।

विमान पर बैठा तो बड़ा सुकून मिला!

पांडेजी के जीवन के अनेक चित्र उभरते रहे। कहाँ कौसानी का आश्रम-जीवन, पहाड़ी प्रदेश, अपना देश, कहाँ विश्व का एक ऐसा भूखंड, जहाँ की जीवनशैली में ही नहीं, जीवन-मूल्यों में भी इतनी भिन्नता है!

दो ध्रुवों का यह समन्वय…!

डेढ़ घंटा कैसे बीता, पता ही नहीं चला! देखते-देखते हीथ्रो आ गया।

वर्षों बाद, एक दिन!

'मैं दिल्ली आया हूँ। नॉर्थ-एवेन्यू से बोल रहा हूँ, कल अल्मोड़ा जा रहा हूँ। आपका आज का कार्यक्रम क्या है?' उनका स्वर है।

'यही कार्यक्रम है कि आप तुरंत घर आइए…! दिल्ली आए कब?'

ऐसी ही थोड़ी औपचारिक बातें! अभी कुछ ही समय बीता कि दरवाजे

की घंटी बजती है, देखता हूँ—सफेद धोती-कुरता, कंधे पर खादी का झोला लटकाए वे खड़े हैं।

लगभग वैसी की वेश-भूषा में उनका किशोर पुत्र आयुष भी!

हमारे यहाँ कर्मकांड के लिए यजमान के घर जिस तरह पुरोहित जाते हैं, लगभग वैसा ही सबकुछ!

हमेशा की जैसी वैसी ही निर्मल, निश्छल मुस्कान! उतनी ही आत्मीयता, उतनी ही विनम्रता!

कौन कहेगा कि यह व्यक्ति गत दो दशकों से यूरोप में रह रहा है! और अभी-अभी नॉर्वे से आया है!

'आपको एकाएक इस रूप में देखकर कोई पहचान नहीं पाएगा···।' मैं कह ही रहा होता हूँ कि वे बीच में हँस पड़ते हैं, 'पहचान के ही क्या हो जाएगा···!'

उनकी एक ही शिकायत है, बार-बार कि मैं इस बीच इतनी बार नॉर्वे गया, पर एक बार भी बर्गन नहीं आया!

'बर्गन में सवा सौ-डेढ़ सौ भारतीय होंगे। उनके अपने सांस्कृतिक संगठन भी हैं। कभी इसी निमित्त आइए!'

'अगली बार अवश्य आऊँगा। पहले से ही कार्यक्रम इस तरह का रख लेंगे कि बहाने के लिए गुंजाइश न रहे!'

वे हँस पड़ते हैं!

भोजन के पश्चात् वे देर तक बैठे रहते हैं। भारत में जो कुछ हो रहा है, उस संबंध में अनेक जिज्ञासाएँ हैं!

उन्होंने आश्रम-जीवन में अनेक वर्ष बिताए थे। कुछ सिद्धांत भी अपने बनाए थे। रचनात्मक-स्तर पर निर्व्याज भाव से कुछ ठोस कार्य भी किए थे सरला बहन की देख-रेख में!

पर आज के भारत में वे सारी बातें कहीं अर्थहीन दिख रही थीं। पश्चिम की आयातित अर्थव्यवस्था ने सहसा बहुत कुछ ध्वस्त कर दिया था।

भारत के बाहर से देखने पर जो अब और भी भयावह लग रहा था!

जब बहुत देर हो गई तो बाहर कुछ दूर तक छोड़ने गया! वैसे ही दो झोले दोनों के कंधों पर, खरामा, खरामा।

उनके देहावसान से लगभग दो महीने पहले!

गत वर्ष फिर नॉर्वे जाने का संयोग बना। ओस्लो में एक सेमिनार था—'समकालीन भारतीय साहित्य' एवं 'आप्रवासी साहित्य' पर। कमलेश्वरजी, गायत्री भाभी हम तीनों साथ-साथ जा रहे थे एक ही विमान से।

रास्ते में योजना बनती रही यदि समय मिला तो बर्गन भी जाएँगे। लिलि हामेर भी! धुर दक्षिण में क्रागेरा मैं एक बार हो आया था। वह स्थल भी कम दर्शनीय नहीं। एक बार सब के साथ फिर जाया जा सकता है।

ओस्लो पहुँचकर उम्मीद थी कि शायद पांडेजी भी आएँ! वहाँ भारतीय हैं ही कितने, इसलिए सबकी सहभागिता की सबको अपेक्षा बनी रहती है।

तभी उनका फोन आया कि पूर्व निर्धारित कार्यक्रम के कारण आना संभव नहीं हो पा रहा है।

रात को फिर फोन आया कार्यक्रम के बारे में! अंत में 'आपको इस बार तो आना ही है बर्गन!' कब पहुँचने की संभावना है ? सारी व्यवस्था हमने कर रखी है! यहाँ के कुछ आप्रवासी मित्र भी आपसे मिलना चाहते हैं! इस बार कोई बहाना नहीं चलेगा…!'

लंदन में आयोजित हो रहे एक साहित्यिक समारोह में भाग लेने के कारण कमलेश्वरजी को जल्दी ही लंदन लौटना पड़ा। उनका नया धारावाहिक 'युग' भी शुरू हो गया था। उसी समारोह में मुझे भी लंदन जाना था। ब्रिटेन के भारतीय उच्चायुक्त डॉ. लक्ष्मीमल्ल सिंघवीजी का आदेश था। पर मेरा लंदन होकर भारत लौटने का कार्यक्रम पहले ही तय हो चुका था। अभी लंदन जाकर फिर नॉर्वे लौटना और फिर कुछ ही दिनों बाद लंदन होते हुए भारत जाना—यह सब मेरे लिए संभव नहीं लग रहा था। आँख का कष्ट भी परेशानी का एक प्रमुख कारण था।

ओस्लो के सेमिनार के समापन के पश्चात् मैं जल्दी-जल्दी सारे काम समेट रहा था। आँख का भी इलाज चल रहा था। तभी पांडेजी ने फिर जानना

चाहा कि कब तक पहुँचने का इरादा है?

और सचमुच में, तब भारत लौटने से पूर्व मेरा बर्गन जाने का कार्यक्रम बन ही गया।

अब लगता है कि अच्छा ही हुआ। यही अंतिम मुलाकात थी उनसे। यदि किसी व्यवधान के कारण न जा पाता तो एक पश्चात्ताप सदैव के लिए बना रहता।

बर्गन के हवाई अड्डे पर इस बार भी वे वैसे ही मिले! हवाई अड्डा वहीं था, परंतु लगता था, इन चौदह-पंद्रह वर्षों के अंतराल में कितना कुछ नहीं बदल गया है, परंतु पांडेजी में कहीं किंचित् परिवर्तन नहीं था। हाँ, बालों पर कुछ-कुछ सफेदी अवश्य झाँक रही थी।

बाहर इस बार बहुत कुछ बदला-बदला सा था। शहर भी कुछ पहले जैसा नहीं लग रहा था।

इस बार गाड़ी भी दूसरी थी। देखकर अच्छा लगा कि पहली की अपेक्षा नई है, अच्छी है!

गाड़ी वे स्वयं चला रहे थे (यों यहाँ गाड़ी सब स्वयं ही चलाते हैं)। अभी-अभी हुई बारिश की बूँदाबाँदी में भीगी सड़कें भी किंचित् अपरिचित सी लगीं। पांडेजी ने बतलाया कि पिछला वाला घर बदल लिया है, अब नया है। यहाँ से दूरी कुछ अधिक है, पर उसी अनुपात में सुविधाएँ भी अधिक हैं। शहर से कुछ दूर होने से सस्ते में पड़ गया था।

शायद यह घर किसी द्वीप में था—बहुत दूर! एक बड़ा सा पुल दो द्वीपों को जोड़ रहा था!

वहाँ पहुँचे तो बूँदाबाँदी अब उतनी न थी, पर हाँ, सर्दी का प्रकोप कुछ-कुछ बढ़ गया सा लग रहा था। घना कुहासा धुएँ की तरह बिखरा था।

पहाड़ की उत्तर-पश्चिमी ढलान पर बना घर दूर से ही ध्यान आकर्षित कर रहा था। चारों ओर खुली जगह, ठीक सामने फीयोर्डों! सागर दूर तक, अंदर तक चला आया था। बीच में हलकी-हलकी सी पानी में डूबी पहाड़ियाँ उसे विभाजित कर रही थीं!

तीन ओर से खुले उनके ड्राइंग-रूम से सामने की छोटी-छोटी पहाड़ियाँ, सागर में बाँहें पसारे सोई, दूर तक नीले सागर का विस्तार! शायद क्षितिज के पास, कहीं कुछ जहाज—सारा दृश्य एक रंगीन पेंटिंग की तरह लग रहा था।

'सिद्धार्थ कभी यहाँ आएगा तो कैनवॉस पर इसे उतारकर एक यादगार पेंटिंग बना देगा। लैंडस्केप वह बहुत अच्छे बना लेता है।'

पांडेजी भी मेरे साथ बगल में खड़े यह दृश्य देख रहे थे।

'अगली बार वे सब लोग सपरिवार यहाँ आएँगे, तब पेंटिंग का काम भी आसानी से हो जाएगा।' पांडेजी कह रहे थे, 'यहाँ ऐसे अनेक अद्‌भुत दृश्य हैं। बर्गन तो है, ही फीयोर्डों का शहर! 'सात पर्वतों' का ही नहीं, 'सात फीयोर्डों' का भी शहर कहते हैं, इसे।'

उसी दिन दोपहर के बाद एक कार्यक्रम रखा था—'अंतरराष्ट्रीय बाल-बाड़ी' में।

लगभग ढाई लाख की आबादी वाले इस शहर में आप्रवासी भारतीय अधिक तो नहीं, फिर भी इन में पर्याप्त सद्‌भाव है। ऐसे अवसरों पर प्राय: सभी उपस्थित होने का प्रयास करते हैं। अपने लोगों के बीच मिल-बैठने के ऐसे मौके कम ही मिल पाते हैं। अपनी बोली में बातें करने के लिए, अपने लोगों को देखने के लिए लोग तरस जाते हैं।

घर से निकलते-निकलते सहसा फिर बादल घिर आते हैं। घना कुहासा, बारिश की बौछारें, मुझे नैनीताल के बरसात के ठंडे दिन याद हो आते हैं।

गाड़ी पहाड़ी ढलान से कुछ नीचे उतरकर फिर अपरिचित सड़कों पर निकल भागती है। चारों ओर हरे-भरे घने वृक्ष हैं, वृक्षों की रक्षा कैसे की जाती है, इस तथ्य से भी यहाँ के लोग कम परिचित नहीं! व्यर्थ में एक पत्ती तोड़ना भी अपराध समझा जाता है यहाँ! हमारे पहाड़ों में तो पहाड़ के पहाड़ नंगे कर दिए हैं दरिंदों ने! हरियाली की ऐसी विनाश-लीला अन्यत्र शायद ही कहीं देखने को मिले!

कल मैं कहीं पढ़ रहा था, दो हजार से अधिक किस्म के पौधे पाए जाते हैं यहाँ!

भाँति-भाँति के हरे-भरे वृक्ष! घनी झाड़ियाँ!

बीच-बीच में काली-काली कठोर चट्टानें। कहते हैं, ये पृथ्वी के लावा से बनी हैं, बत्तीस अरब साल पुरानी हैं!

इस्पात जैसी कठोर चट्टानों पर ऐसी साफ-सुथरी चौड़ी सड़कें बना लेना कोई आसान तो नहीं!

उस पर चमत्कार तो तब दिखलाई पड़ता है, जब इन्हीं कठोर काले पहाड़ों में छेद कर मीलों लंबी बड़ी-बड़ी सुरंगें बना ली जाती हैं।

सचमुच में देखा जाए तो इसे 'सुरंगों का देश' भी कहा जा सकता है। इस कला में जितनी महारत इन लोगों ने हासिल की है, उतनी शायद ही संसार के किसी देश ने, अभी-अभी पहाड़ को छेदकर बनाई दो विशाल सुरंगें हमने पार की। देखते-देखते कुछ ही क्षणों में पहाड़ की दूसरी दिशा में जा पहुँचे।

इन सुरंगों से होकर जब रेलगाड़ियाँ दनदनाती हुई सर्र से निकलकर ओझल हो जाती हैं तो रोमांच सा हो उठता है, एक सौ बीस मील प्रति घंटा।

शहर के अनेक हिस्सों को छूते हुए अंत में 'बाल-बाड़ी' के निकट रुकते हैं।

'अंतरराष्ट्रीय बाल बाड़ी' श्रीमती देवी पांडे की बर्गन को एक अनुपम भेंट है! वर्षों के अथक प्रयास के पश्चात् इसके निर्माण का स्वप्न उन्होंने साकार किया!

अपने ढंग की अकेली है, यह इमारत! इसका वास्तु-शिल्प देखते ही बनता है। देवदार के पूरे-के-पूरे वृक्षों का शहतीर की तरह इस्तेमाल किया गया है। सबकुछ लकड़ी का है, छत पर हरी घास उगी है।

बारिश में भीगते हुए 'बाल-बाड़ी' के पोर्च तक पहुँचते है तो किंचित् राहत सी मिलती है। एक-एक कक्ष देखते हुए हम आगे बढ़ते हैं। सन् 1981 में स्थापित इस 'अंतरराष्ट्रीय शिशुशाला' में इस समय साठ बालक हैं। ये मात्र नॉर्वे या भारत के ही नहीं, वियतनाम, कोरिया, जर्मनी, चिली, इराक, ईरान, चेक गणराज्य, पोलैंड, माले, चीन, थाईलैंड, ब्रिटेन, कोलंबिया आदि 19 देशों के हैं।

गत चौदह वर्षों में विश्व के करीब 45 देशों के बच्चों को यहाँ आने का सौभाग्य मिला है। इस समय चिली, कनाडा, वियतनाम, मोरक्को, भारत, फिलीपींस, नॉर्वे आदि सोलह देशों के अध्यापक इनकी प्रारंभिक पढ़ाई एवं देख-रेख में व्यस्त रहते हैं।

कहते हैं, जब यह इमारत बन रही थी तो आस-पास के नॉर्वेजियन इसे संदेह की दृष्टि से देखते थे। कहीं कोई मसजिद तो नहीं खड़ी कर रहे!

आज स्थिति यह है कि इसमें प्रवेश पाने के लिए नॉर्वेजियन बच्चों को लंबी प्रतीक्षा करनी पड़ती है। उनकी धारणा है कि भिन्न-भिन्न देशों के बच्चों के साथ मिलजुलकर बैठने से बच्चों में सहिष्णुता आती है। एक संस्कार जन्म लेता है सह अस्तित्व का, जिससे आगे चलकर वे एक अच्छे नागरिक बनने में सफल हो सकते हैं, जाति, वर्ण एवं रंग-भेद से दूर!

ऊपर की मंजिल में बैठते हैं, जहाँ से दूर-दूर तक के नैसर्गिक दृश्य साफ दिखलाई दे रहे हैं, अब बारिश नहीं है। हाँ, कहीं-कहीं पहाड़ी ढलानों पर पीली, ठंडी धूप के उजले चकत्ते से अवश्य उभर आए हैं।

श्रीमती पांडे बतलाती हैं, 'हम पूरे सप्ताह भर बच्चों का 'राष्ट्रीय-दिवस' मनाते हैं। सभी बच्चे मिलजुलकर उनका राष्ट्रगान गाते हैं, उनके भोजन का आस्वाद लेते हैं। उनके गीत सुनते हैं, उनके देश के बारे में जानकारियाँ प्राप्त करते हैं। इनमें अभिभावक भी सहभागी बनते हैं, इससे अनायास ही एक प्रकार का सौहार्द का भाव पनपता है और अनेक संस्कृतियाँ परस्पर निकट आती हैं।'

हमारे देश की तुलना में ये शिशु कितने स्वस्थ हैं!

इतने में देखते हैं, कई भारतीय बंधु वहाँ एकत्र हो रहे हैं। पांडेजी ने बर्गन के भारतीय समुदाय के मित्रों के साथ एक 'मिलन-गोष्ठी' का कार्यक्रम निर्धारित किया है। उस निमित्त धीरे-धीरे संख्या में वृद्धि होती चली जा रही है।

बाहर आँगन में कुरसियाँ लगी हैं।

निर्धारित समय में कार्यक्रम आरंभ होता है। सभी में एक प्रकार की जिज्ञासा है। उत्सुकता का भाव, भारत के विषय में जानने की तीव्र लालसा।

भारत की वर्तमान स्थिति एवं भविष्य के बारे में विस्तार से बतलाता हूँ। वे चकित-भाव से सुनते रहते हैं। भारत में कुछ घटित हो रहा है, वे प्रायः सब समझते-जानते हैं, परंतु भारत प्रगति की दिशा में भी उसी गति से अग्रसर हो रहा है, उन्हें सच नहीं लगता।

भारतीय समाचार-पत्र यहाँ उपलब्ध नहीं होते। भारत के बारे में कहीं कोई समाचार खोजने पर भी नहीं मिल पाता। यही हालत यहाँ के रेडियो एवं दूरदर्शन की भी है। सचमुच में इनकी स्थिति तब एक द्वीप में घिरे निर्वासित व्यक्ति की सी हो जाती है, अपने चारों ओर बिखरे संसार के विषय में जिसे कुछ भी अधिक ज्ञात नहीं।

मेरे बोलने के बाद प्रश्नों की झड़ी सी लग जाती है। सबके समाधान के पश्चात् देखते हैं, शाम उतर आई है, आसमान साफ है। बाहर का वातावरण पहले की अपेक्षा अधिक सुहावना लग रहा है।

चाय-पान के बाद सब चलने की तैयारी करते हैं।

आप्रवासियों का स्वदेश प्रेम देर तक मुझे मथता रहता है। अपने देश के परिवेश/वातावरण से हजारों मील दूर, एक नए, भिन्न वातावरण में अपने को अभ्यस्त बना लेना आसान तो नहीं! सुख-सुविधाएँ सब हैं, परंतु इनके अलावा भी तो बहुत कुछ शेष रह जाता है, जो एक पूर्ण जीवन जीने के लिए कहीं प्रेरित करता है!

'स्नेह-मिलन' के बाद भी यह स्नेह-मिलन चलता रहता है। एक सज्जन दूर तक साथ-साथ आते हैं। बड़े आत्मीय स्वर से कहते हैं, 'आपकी पुस्तक 'कगार की आग' का जो नॉर्वेजियन अनुवाद अभी-अभी ओस्लो में छपा है, उसकी एक प्रति हमने मँगवाई है...।'

'क्या करेंगे उससे? हिंदी या पंजाबी में होती तो आसानी से पढ़ पाते... ?'

वे मेरी ओर देखते हुए बड़े सहज भाव से कहते हैं, 'क्यों? अपनी दूकान के 'शो-रूम' में रखेंगे। अपने देश की पुस्तक है...।'

उनकी आँखों में आत्म-गौरव का भाव है!

गहरे अँधियारे में सारा शहर जमीन पर बिखरे काँच के टूटे टुकड़ों की

तरह जगमगा रहा है। गाड़ी आगे बढ़ रही है, ठीक सामने सागर है, वहाँ भी जलयानों में टिमटिमाता प्रकाश है। रंग-बिरंगे प्रकाश की लंबी-लंबी काँपती लकीरें पानी के भीतर पेचदार कील की तरह बिंधती, दूर तक समाई एक मनमोहक दृश्य उपस्थित कर रही हैं। ढेर सारा उजास पानी में हरे-लाल अबीर की तरह तैरता हुआ सा लग रहा है…।

हास्टा से ट्राम्सो की यात्रा याद आ रही है। बर्फीले पहाड़ों, फीयोर्ड को पीछे छोड़ता हुआ हमारा जलयान, उत्तुंग तरंगों में तैरता उत्तर की दिशा में बढ़ रहा था। इस ठंडे प्रदेश में, जहाँ वर्ष भर हिम की मोटी-मोटी चादरें बिछी रहती हैं, वहाँ सागर जमने से रह जाता है। 'गल्फ-स्ट्रीम' के इस वरदान से उत्तरी ध्रुव के अंतिम छोर तक का समुद्र भी बारहों महीने यातायात के लिए खुला रहता है।

पानी के भीतर पानी की अलग से प्रवाहित होती उष्ण-धारा! यहीं सामने से तो बहती है उत्तर की दिशा में! पर मुझे सामने क्षितिज तक फैला जल, सब समान लगता है।

पांडेजी गाड़ी चलाते-चलाते आप्रवासियों के बारे में बतलाते जाते हैं। एक सज्जन का जिक्र आता है तो आहत होकर ठेठ कुमाऊँनी में कहते हैं, 'क्या कहें! पश्चिम का प्रभाव ठहरा! हमारे कुछ लोग भी अब गोरों की तरह सर्वभक्षी हो गए हैं, गाय-बछिया सब खा रहे हैं…।'

उनकी इस निरीहता, निश्छलता से मैं मन-ही-मन हँसे बिना नहीं रह पाता!

घर आकर विश्राम करने के लिए अपने कमरे में चला जाता हूँ। दिनभर की थकान अब मंजिल पर पहुँचकर महसूस हो रही है।

सामने दीवार पर टँगे कलेंडर पर नॉर्वे के मनमोहक रंगीन दृश्य हैं। मेज पर नॉर्वेजियन भाषा में एक पुस्तक है, जिसमें 'वाइकिंग-युग' के कुछ रेखांकन हैं।

अब से तीस-चालीस साल पहले तक 'यूरोप का गाँव' कहा जाने वाला अविकसित नॉर्वे कभी कितना शक्तिशाली था। एक हजार साल पहले सारे यूरोप के लोग नॉर्वेजियनों के नाम से ही थरथराते थे। उस 'वाइकिंग-युग'

में नॉर्वे के नुकीले जहाज सागर के सीने को चीरते हुए दूर-दूर तक निधड़क निकल जाते थे और जी भरकर लूटपाट मचाते थे। कई नॉर्वेजियन वहाँ सदा-सदा के लिए भी बस गए थे। इसमें किंचित् संदेह नहीं कि आज इंग्लैंड, स्कॉटलैंड की आबादी में आधे से अधिक लोग नॉर्वेजियन की ही संतानें हैं।

'रेत में से तेल निकालने' की कहावत अब पुरानी पड़ गई है। यहाँ के सागर से जब से तेल निकलना आरंभ हुआ है, नॉर्वे में एक नए स्वर्णिम युग का सूत्रपात्र हुआ है।

वह तेलवाला सागर भी मेरी आँखों से अधिक दूर नहीं है।

तभी दरवाजे पर अंगुलियों की खटपट होती है।

'आप ऊपर चलिए न! यहाँ अँधेरे में···' पांडेजी हैं।

मुझे अँधेरा बहुत अच्छा लगता है, एकांत बहुत भाता है।

पर उनके साथ-साथ मैं चुपचाप ऊपर चला जाता हूँ।

पांडेजी अपनी कुछ रचनाएँ पढ़कर सुनाते हैं, कहीं अन्यत्र कुछ लिखे हुए अंश···!

फिर अपने संघर्ष के दिनों का हाल! किस तरह 'दुर्गा प्रसाद' के स्थान पर 'देवी पुरस्कार' का आविर्भाव हुआ! कैसे नॉर्वे पहुँचे, सरला बहन के आश्रम के दिनों की कुछ यादें!

पता नहीं कितना समय बीत जाता है!

कल शाम ट्रेन से जाने का तय है। ट्रेन से जाने का अर्थ है—आस-पास के अनुपम दृश्यों को निहारते हुए जाना। यद्यपि विमान और रेल के टिकटों की राशियों में अधिक अंतर नहीं! पर रास्ते में झरने, नदियाँ, पेड़, पहाड़! इतना सौंदर्य है धरती के कण-कण में बिखरा!

सुबह पांडेजी एक बड़ी सी नई 'नोट-बुक' लाते हैं। अभी तक सारे पन्ने कोरे हैं।

'क्या करना है?' पूछता हूँ।

'आप यहाँ आए हैं, जो मेहमान यहाँ आते हैं, अपनी प्रतिक्रिया लिख देते हैं···।'

'पर मैं तो मेहमान नहीं···।' गंभीरता से कहता हूँ तो वे हँस पड़ते हैं।

'पुरानी वाली डायरी समाप्त हो गई है। मैं चाहता हूँ, नई में सबसे पहली टिप्पणी आपकी ही हो!' वह कहते हैं।

मैं पुरानी वाली मँगवाता हूँ।

अपने-अपने ढंग से अनेक अतिथियों ने अपनी भावनाएँ व्यक्त की हैं।

मैं भी कुछ शब्द लिखता हूँ।

वे पढ़ते हैं तो अनायास कह उठते हैं, 'आपने जरूरत से ज्यादा अच्छा लिख दिया है हमारे बारे में!'

घर के हर कमरे को वे दिखलाते हैं। सबसे ऊपर की मंजिल में एक बड़ा सा कमरा है—हॉलनुमा, जहाँ वे पहले हर रविवार को आप्रवासी भारतीयों को बुलाकर रामायण-गीता का पाठ करते थे। भारत के बारे में कभी-कभी वार्त्ताएँ भी ताकि वे अपनी जड़ों से जुड़े रहें।

दोपहर तक ढेर सारे काले बादल घिर आते हैं। कुहासा है, तय करते हैं कि अब रेल से बाहर तो कुछ दिखेगा नहीं! अतः विमान से जाना ही हितकर है।

हवाई अड्डे पहुँचते हैं, आप्रवासी भारतीय श्री कुमार भी छोड़ने आए हैं। कुछ क्षण चाय-पान में लग जाते हैं। हम टिकट खरीदने काउंटर पर जाते हैं तो बतलाया जाता है कि यदि पहले खरीदते तो निश्चित राशि ही चुकानी पड़ती, पर एन वक्त पर टिकट खरीदने का अर्थ होता है दोगुनी राशि देना।

व्यर्थ में दोगुनी राशि!

मुझे कहीं कुछ भारी सा लगता है।

सब से भावभीनी विदाई लेकर मैं विमान की ओर बढ़ता हूँ।

ओस्लो पहुँचकर बैग एक ओर रखता हूँ और सीधा अपने कमरे में जाता हूँ।

अभी कपड़े बदल ही रहा होता हूँ कि सिद्धार्थ आता है, 'बाबूजी, ये एक हजार क्रोनर के नोट बैग की ऊपरी सतह पर क्यों रख दिए? कहीं गिर जाते···!'

'कौन से नोट? मैं तो हमेशा जेब में रखता हूँ!'

तो फिर—

मेरी समझ में नहीं आता! जितने पैसे मेरे पास थे, सब मेरी जेब में हैं। फिर!

तभी फोन की घंटी बजती है।

'सकुशल पहुँच गए ओस्लो?' पांडेजी का ही आत्मीय स्वर है।

'हाँ, पर मेरे बैग में पैसे आपने तो नहीं रख दिए?' मैं मुसकराते हुए पूछता हूँ।

वे हँस पड़ते हैं।

'आप हमारे मेहमान···।'

'मेहमान का यह अर्थ तो नहीं···।' पर—

'टिकट खरीदने के बाद जब आप कुमार साहब को उपहार में दी टाई पर हस्ताक्षर कर रहे थे, हमने मेज के नीचे रखे बैग में चुपचाप डाल दिए थे···।'

'च्च··· ऐसा क्यों किया?'

कागज के वे टुकड़े मेरे हाथ में दबे-के-दबे रह जाते हैं।

अब न कागज के वे टुकड़े हैं कहीं, न स्मृति-शेष पांडेजी ही! हाँ, बर्गन की वे शेष स्मृतियाँ हैं, जो अतीत बन गई हैं आज!

(सन् : 1997)

□

उत्तर-पथ की ओर

पहाड़, पेड़, पत्तियाँ, फूल, कुहासा। धूल भरी पगडंडियाँ और नीले आसमान में तैरते सतरंगी बादल।

थोड़ी सी भी दूरी इन पथरीली परछाइयों पर अभी तय नहीं की कि सामने धवल प्राचीर की तरह खड़ा हिमालय पर्वत!

सागर के अंतहीन विस्तार का अपना महत्त्व है तो नील गगन को छूते इन हिम-शृंगों का अपना।

हाँ, यह वही ऊबड़-खाबड़ कच्चा मार्ग है, जिससे अतीत में कभी स्वामी विवेकानंद कैलाश-मानसरोवर की यात्रा पर गए थे।

कहते हैं, इस पवित्र-धाम की उन्होंने दो बार यात्राएँ की थीं।

दूसरी बार की उनकी यात्रा का अर्थ कुछ दूसरा था, तब वे शिकागो में 'विश्व-धर्म महासम्मेलन' में भारत की विजय-पताका फहराकर स्वदेश लौटे थे। उन्होंने यहाँ तीन मठों यानी आश्रमों को स्थापित करने का संकल्प लिया था।

बेलूर-मठ का उनका स्वप्न साकार हो रहा था, अब उन्हें हिमालय की इन हरी-भरी वादियों में अपना दूसरा आश्रम स्थापित करना था और फिर तीसरा दक्षिण भारत में।

मिरतोला पीछे छूट गया है और वहीं कहीं पीछे रह गया है, माँ आनंदमयी का आश्रम भी।

मुझे याद आता है—

कल हम कसार देवी गए थे। जहाँ कुछ वर्ष पूर्व जर्मन बौद्ध-भिक्षु लामा गोविंद तथा माँ ली गौतमी रहते थे। भिक्षु गोविंद दार्शनिक, आध्यामिक ही नहीं, कहीं उच्चकोटि के चित्रकार भी थे··· ।

नीचे अथाह गहराई में कहीं एक अबोध, अल्हड़ नदी उछलती-कूदती, चट्टानों से, प्रस्तर-खंडों से टकराती, फेनिल धाराओं के रूप में, टूट-टूटकर बिखरती, आँखें मूँदे भागी चली जा रही है। केवल सफेद शीतल झाग दिख रहा है।

एक विशाल पत्थर पर बैठकर हम विश्राम करते हैं। अच्छा लगता है, यह सोच-सोचकर कि इन घने, अँधियारे वनों में कभी सिंह निर्द्वंद्व भाव से घूमते होंगे। रीछ के छोटे-छोटे झबरैले बच्चे इन्हीं चट्टानों की खोहों में छिपकर बैठते होंगे! आस-पास के वृक्षों से बमोर के लाल-लाल जंगली फल तोड़कर खाते होंगे!

यह पूरा हिमालय-क्षेत्र आदि ऋषियों की तपस्या-भूमि रहा है। ऐसी शायद ही कोई आध्यात्मिक विभूति हो, जिन्हें इन रजत-शिखरों ने आकर्षित न किया हो!

अल्मोड़ा नगर से पैदल चलकर हम मायावती के अद्वैत-आश्रम की ओर जा रहे हैं। दुर्गम पर्वतीय मार्गों पर चालीस-पचास मील की यात्रा, पैदल यात्रा आसान तो नहीं, परंतु पाँवों से चलने का भी अपना एक अलग सुख है, अपना एक अलग माहात्म्य!

मोरनौला, बेड़चूला, वार दे, मार्ग पर पड़ने वाले कई पड़ाव हमने पारकर लिए हैं। कभी आकाश की ओर उठे पहाड़ की पीठ पर तो कभी गहरी, अंधेरी घाटी पर!

इसी उतार-चढ़ाव में कितनी दूरी तय हो गई, पता ही नहीं चलता! हाँ, जब सघन वृक्षों की शीतल छाँह में कुछ क्षण विश्राम के लिए ठहरते हैं तो थके पाँवों की पीड़ा का किंचित् अहसास होता है।

झरनों का हिम-शीतल जल पीते ही, आँखों में नई रोशनी आ जाती है।

चीड़ के वृक्षों की निर्मल हवा, रुपहले बर्फीले दृश्य! स्वर्ग क्या इससे कुछ अलग होता होगा?

शाम ढलते-ढलते हम देवीधूरा के पर्वत-शिखर पर स्वयं को पाते हैं।

ठंडा, पीला सूरज, पता नहीं, किस पहाड़ की ओट में अटक गया है। धीरे-धीरे चारों ओर अँधियारा उतर रहा है!

देवीधूरा या 'देवी के पहाड़' की इस चोटी की अपनी अलग कथाएँ हैं, अपनी अलग रोमांचकारी गाथाएँ!

इस पड़ाव पर अनेक घर हैं पत्थरों के, बिखरी हुई आबादी है।

दशहरे के दिनों में बहुत बड़ा मेला लगता है यहाँ। आस-पास के गाँवों के दो दल, परस्पर पत्थरों की वर्षा करते हैं। हजारों की संख्या में दर्शनार्थी इस रोमांचकारी, अद्‌भुत 'प्रस्तर-उत्सव' का आनंद उठाते हैं।

किसी को पत्थर से चोट लग जाती है तो रक्त बहते घाव पर औषधि नहीं, कँटीले बिच्छू के पौधे की, ताजी-ताजी हरी टहनी तोड़कर उसका स्पर्श कराते हैं! कहते हैं, इससे असह्य पीड़ा का शमन ही नहीं होता, शनैः-शनैः घाव भी भर जाता है।

कहते हैं कि अंग्रेजी शासन-काल में अनेक गौरांग महाप्रभु इस अद्‌भुत उत्सव को देखने के लिए आते थे।

वे दिन अब कहाँ हैं?

परंतु हमेशा की तरह आज भी दशहरे के एक निश्चित निर्धारित दिन प्रस्तर-वर्षा अवश्य होती है, यहाँ!

सामने एक नन्हा सा, ढलता मैदान दिख रहा है, इस निर्जन में जहाँ, इस समय एक भी प्राणी नहीं, यही इस संघर्ष की 'समर-भूमि' है।

पास ही वाराही देवी का मंदिर!

हम निकट जाकर उस गुफा-द्वार को भी देखते हैं, जो पत्थर की विशालकाय चट्टान के चटकने से बना है, जिस पर से होकर एक दुबले-पतले आदमी का भी जा पाना असंभव लग रहा है, उसी सँकरे मार्ग से, कहते

हैं, दशहरे के दिन देवी की बलि चढ़ाए जाने वाले विशाल बलिष्ठ कटड़े दौड़ते हुए पार कर जाते हैं!

यह कैसा चमत्कार है!

इस बीसवीं शताब्दी में भी ऐसा होता है, सच नहीं लगता!

इसी 'देवी के थान' के निकट का वर्णन विश्वविख्यात शिकारी, जिम कार्बेट ने अपने 'आखेट-संस्मरणों' में कुछ दूसरे ढंग से किया है—'टेंपल टाइगर' शीर्षक से!

वह लिखता है—

मेरा निशाना शायद ही कभी चूकता हो!

मैं देख रहा हूँ, देवी के मंदिर की इस बाह्य चट्टान पर एक सिंह बैठा है! अँधियारे में उसकी आँखें काँच की तरह चमक रही हैं। मैं निशाना साधता हूँ और गोली चला देता हूँ। गोली निशाने पर लगती है, परंतु दौड़ता हुआ जब निकट जाता हूँ तो वहाँ कुछ भी नहीं दिखता! न मृत सिंह, न जमीन पर गिरा रक्त, गोली का न कहीं कोई निशान नहीं!

कहीं कुछ भी नहीं!

अँधेरा अब कुछ और घना हो गया है।

देवदार के विशाल वृक्ष इस अंधकार में प्रहरियों की तरह सन्नद्ध खड़े हैं।

दूर कहीं आसमान में चाँदी का सा थाल उभर आया है! उस पार हिमालय की बर्फीली चोटियाँ सहसा पारदर्शी, पिघलते चाँदी की तरह चमकने लगती हैं।

मैं उससे किंचित् पूर्व दिशा की ओर मुड़कर खोज रहा हूँ—

मायावती-आश्रम अभी कितनी दूर है।

(सन् : 1988)

□

स्वीडन : किरुना से आगे

जाड़ा अभी शुरू नहीं हुआ, परंतु सर्दी हड्डियों को कँपाने वाली है। सूरज चमकता अवश्य है, परंतु उसके पीले रंग में ताप झलकता नहीं। एक तरह से ठंडा सूरज—यानी पीला चांद।

स्कैंडेनेविया के हरे-भरे वृक्ष अपना रंग धीरे-धीरे बदल रहे हैं, जहाँ तक दृष्टि जाती है हरियाली-ही-हरियाली, किंतु धीरे-धीरे उनमें चंदन का सा पीलापन झलकने लगा था। मीलों तक फैले ऐसे घने वन।

कहीं-कहीं वीरान जंगलों के बीच लाल-पीले छींटे की तरह बिखरे मकान हैं। हर मकान के आँगन में फहराता राष्ट्रीय-ध्वज। शायद दूर से ही आस-पास किसी आदमी या बस्ती के होने का अहसास जगाता है।

ज्यों-ज्यों हम उत्तर की ओर, यानी ध्रुव-प्रदेश की ओर बढ़ते हैं, त्यों-त्यों आबादी कम होती चली जाती है, दूर-दूर तक फैली पर्वतों की गगनचुंबी श्रृंखलाएँ—कहीं-कहीं बर्फ से ढकी और कहीं घने वनों से। बर्फ पिघलने से और वनस्पति के न उग आने से पहाड़ कहीं-कहीं खल्वाट से दिख रहे हैं। एकदम उजाड़, बदरंग।

हम आर्कटिक-सर्किल यानी ध्रुव प्रदेश के सैकड़ों मील अंदर हैं।

लोदिंगन के पश्चात्, उत्तर में हास्ता न जाकर, हम पूर्व की ओर मुड़ते हैं—ईवन शायर की तरफ।

एक छोटा सा कस्बा है—ईवन शायर, लेकिन आधुनिक सुख-सुविधा की सारी वस्तुएँ हैं। कस्बे का अपना बाजार है, स्कूल है, अपना नन्हा सा रेडियो स्टेशन भी।

मैं पीछे मुड़कर देखता हूँ तो अचरज से देखता रह जाता हूँ। एक द्वीप को मीलों लंबे पुल से दूसरे द्वीप से कितनी कुशलता से जोड़ दिया है।

आते समय मेरा ध्यान इस ओर क्यों नहीं गया! अमित कहता है—यह दुनिया के सबसे बड़े पुलों में से एक है। इतना पतला कि दूर से देखने पर बाँस की पतली खपच्चियों के जैसा लगता है।

इस बार हमें कुछ और पूर्व में जाना है। नॉर्वे की सीमा स्वीडन से मिली है न! दूर से देखने पर वे परस्पर मिले लगते हैं। एक ही देश को काटकर जैसे दो हिस्सों में विभाजित कर दिया हो। खीरे में चीरा लगाने की तरह से।

नॉर्वे की राजधानी ओस्लो से, जिस रास्ते से हम आए हैं, उससे लौटना नहीं है। लौटना है, स्वीडन से होते हुए ओस्लो।

कल से ही तैयारी हो रही है।

सामान बाँध लिया है। उतना ही जितना अपने बल-बूते पर ढोया जा सके। वहाँ कुली या नौकर-चाकर की परंपरा तो है नहीं, अतः सारा काम स्वयं करना पड़ता है।

कार्यक्रम तय हुआ कि प्रातः की बस से नार्विक जाएँगे। वहाँ से बस छोड़कर रेलमार्ग से किरुना पहुँचेंगे। किरुना से स्वीडन की सीमा-रेखा आरंभ हो जाती है न।

अतः वहाँ नॉर्वे की ट्रेन छोड़कर स्वीडिश ट्रेन से सफर तय करना होगा।

बस में भीड़ नहीं, लगभग खाली थी।

अभी कुछ ही मीलों का सफर तय किया था कि अमित कहता है—यह जो मैदान जैसा दिख रहा है न सामने, यह यहाँ का हवाई अड्डा है।

लेकिन यहाँ न हवाई जहाज दिख रहा है और न आदमी ही…। मैं जिज्ञासा से देखता हुआ कहता हूँ।

अमित हँस पड़ता है, 'बाबूजी यहाँ के अधिकांश हवाई अड्डे ऐसे ही होते हैं। शाम होते ही ताले लग जाते हैं और सुबह विमान के आते-जाते समय खुलते हैं।'

मुझे अपने देश के हवाई अड्डे याद आते हैं, जहाँ दिन-रात भीड़-

भड़क्का रहता है, मेला जैसा लगा रहता है।

अभी दिन के बारह भी नहीं बजे कि हम नार्विक शहर में अपने को पाते हैं। यह नॉर्वे के उत्तरी भाग का सबसे महत्त्वपूर्ण बंदरगाह है। चारों ओर कोयले से ढके पहाड़ हैं, जलयानों में बड़ी-बड़ी क्रेनों की मदद से कोयला लादा जा रहा है, कोयले के टीले से बन गए हैं।

कहते हैं, दूसरे विश्वयुद्ध के समय हिटलर की सेनाओं ने सबसे पहले यहीं पर आक्रमण किया था।

अभी समय है।

अतः कस्बेनुमा इस शहर का जायजा लेते हैं।

धूप बड़ी मीठी लग रही है, यहाँ के निवासी धूप देखने के लिए तरसते हैं।

हम भी बाहर खुले में बने रेस्तराँ में बैठकर गरम-गरम कॉफी का आनंद लेते हैं।

अमित को यहाँ से लौटना है, ईवन शायर के लिए।

अब मैं अपने को निकट अकेला पाता हूँ इस अपरिचित क्षेत्र में।

ट्रेन अपनी पूरी गति से चल रही है। भीड़-भड़क्का यहाँ भी कम है, नहीं के बराबर।

खिड़की के शीशे पर झुका मैं दूर-दूर तक अपनी बाँहों को पसारे लेटी हिम-मंडित पर्वत-शृंखलाओं को देखता हूँ। बर्फ और पाइन के ठंड से ठिठुरते हरे वृक्षों को।

ट्रेन से मालूम नहीं, कौन सी सूचना प्रसारित की जा रही है, पता नहीं चलता। यहाँ के सारे कार्यकलाप अपनी मातृभाषा के माध्यम से ही संचालित होते हैं।

किरुना पहुँचते ही सारा वातावरण बदला-बदला सा दिखता है। चारों ओर कुहासा है। आसमान मटमैले बादलों से ढका है। बूँदाबाँदी होने के कारण एकाएक ठंड बहुत अधिक बढ़ गई है।

यहाँ नॉर्वेजियन सिक्के स्वीडिश में बदलते हैं।

सामने एक ट्रेन तैयार खड़ी है।

यात्री उस दिशा में लपक-लपककर आगे बढ़ रहे हैं।

चारो ओर अँधियारा सा छाने लगा है।

यह पूरी ट्रेन रात्रि के समय सोने वाले यात्रियों की है। एक-एक केबिन में चार-चार यात्री।

ट्रेन वातानुकूलित है, अतः भीतर पहुँचते ही एक प्रकार का सुकून मिलता है।

दिनभर की आपाधापी, भाग-दौड़ एक प्रकार की मानसिक थकान, शारीरिक के साथ-साथ बिस्तरे पर जाते ही नींद आ घिरती है।

ट्रेन अपनी गति से भागती चली जा रही है। रात को पता नहीं कब कैसे नींद खुलती है। देखता हूँ, सारी धरती की चादर बर्फ से ढकी है।

बर्फ की फुहारें चारों ओर बिखर रही हैं। चाँदनी रात में बर्फ और अधिक उजली लग रही है।

मैं अपनी बर्थ पर फिर लेट जाता हूँ।

घड़ी देखता हूँ—

यह ट्रेन सुबह स्टॉकहोम कितने बजे पहुँचेगी।

(सन् : 1987)

□

एक और भारत अमरीका में

अंधमहासागर की स्याह नीली चादर, उस पर उभरती छोटी-छोटी लहरें नहीं, अब कहीं-कहीं धरती भी दिख रही है। हरे-हरे जंगल, विस्तृत रेगिस्तान, कहीं-कहीं जमीन पर बिखरी बस्तियाँ कितनी सुंदर लगती हैं!

लंदन के ऊपर से उड़ते समय केवल सीमेंट की ऊँची-ऊँची इमारतें-ही-इमारतें दिखलाई दे रही थीं—कंक्रीट का एक उदास जंगल, किंतु न्यूयॉर्क के ऊपर से सागर भी दिख रहा है। धरती भी, विश्व की ऊँची-ऊँची अट्टालिकाएँ भी, किंतु इनके साथ-साथ इमारतों के बीच नीले-नीले अनगिनत छींटे! शायद ये 'स्वीमिंग पूल' हैं!

भारत से चले तो सूर्योदय हो चुका था। इंग्लैंड में दोपहर थी, और जब अमरीका में उतरेंगे तो तब भी प्रकाश ही होगा हमारे साथ! हम पश्चिम की ओर जा रहे हैं, अतः सूर्य भी हमारा सहचर बना है, उसे भी उसी दिशा में जाना है।

'एयर इंडिया' के इस विशाल विमान में आधे से अधिक यात्री अभी हीथ्रो से बैठे थे। ये भी हमारी तरह अमरीका जा रहे हैं—भारतीय सांस्कृतिक समारोह में। विमान के भीतर मेले का जैसा वातावरण है।

'केनेडी हवाई अड्डे' पर उतरने पर यहाँ भी समारोह के दर्शकों की भीड़ दिख रही है। न्यूयॉर्क से एडिसन कैसे पहुँचेंगे—इसकी चिंता अधिक नहीं है।

बाहर गाड़ियाँ, टैक्सियाँ सब प्रतीक्षारत खड़ी हैं। लोग झुंड की शक्ल में ओझल होते चले जा रहे हैं।

सबके गंतव्य 'एक्स पो' तक निर्धारित हैं। इसके बाद सबको एडिसन शहर ले जाया जाएगा। यहीं पर यह भी व्यवस्था हो रही है कि कौन किस स्थान पर ठहराया जाएगा।

कुछ क्षण यहाँ विश्राम करने के पश्चात् हम चल पड़ते हैं, एडिसन की ओर।

भीड़ भरे न्यूयॉर्क से लगा है, यह एकांत शहर एडिसन। महान् वैज्ञानिक एडिसन कभी रहते थे। यहाँ उनकी प्रयोगशाला आज भी विद्यमान है। उनकी स्मृति रूप में इस शहर का नाम ही 'एडिसन' रखा गया है, चूँकि न्यूयॉर्क में इतनी बड़ी प्रदर्शनी के लिए स्थान मिल पाना संभव न था, इसलिए यहाँ का उन्मुक्त एकांत का वातावरण इसके अनुकूल समझा गया। इसका दूसरा कारण यह भी था कि न्यूजर्सी शहर क्षेत्र के आसपास भारतीयों की संख्या सबसे अधिक है, यानी एक लाख से भी अधिक।

मिडिलसैक्स काउंटी कॉलेज का दो सौ एकड़ क्षेत्र में फैला गोल्फ का जैसा हरा-भरा विस्तृत मैदान। इसके एक-चौथाई भाग को सांस्कृतिक प्रदर्शनी के लिए लिया गया है, जिसका किराया चुकाया जाएगा लगभग पचास लाख रुपए।

भारत का भव्य सांस्कृतिक स्वरूप अमरीका में कैसे प्रदर्शित किया जाए, इसके लिए वर्षों तक विचार-विमर्श चला। इसके लिए प्रदर्शनी को अनेक भागों में विभाजित किया गया। एक भाग था—भारत के विशाल मंदिरों एवं बड़ी-बड़ी प्रतिमाओं का प्रदर्शन। अपने अथक प्रयासों से कई कुशल कलाकारों ने दिन-रात जागकर जगन्नाथपुरी तथा दक्षिण के कुछ महत्त्वपूर्ण मंदिरों की अनुकृतियाँ तैयार की और उन्हें जहाजों से लादकर यहाँ उतारा गया और फिर कलात्मक ढंग से इन ढलान वाले विस्तृत मैदानों में स्थापित किया गया। मूलत: जूट, बेंत, कागज आदि की सहायता से निर्मित ये विशाल मूर्तियाँ एवं मंदिर हूबहू पत्थर का जैसा अहसास जगाते हैं, इन्हें छूने की अनुमति नहीं, किंतु फिर भी कई अमरीकी जिज्ञासु इनकी ओर हाथ बढ़ाने से अपने को रोक नहीं पाते।

'यह मेरा परम सौभाग्य होता, यदि मैं भारत में पैदा हुआ होता।' न्यूजर्सी के अवकाशप्राप्त प्राध्यापक जॉन ब्राइट प्रदर्शनी देखते हुए कहते हैं, 'जिस देश की सांस्कृतिक विरासत इतनी बड़ी हो, वह देश सचमुच कितना अच्छा होगा!'

'कभी भारत गए हैं?'

'नहीं, गया तो नहीं हूँ, परंतु एक बार अब अवश्य जाना चाहता हूँ।'

पास ही न्यू ब्रास्की शहर की एक नीग्रो महिला एने डुकते अपने तीन बच्चों के साथ खड़ी है। अचरज से विशाल प्रतिमाओं का अवलोकन कर रही है।

'आपने क्या अनुभव किया?'

'फेंटेस्टिक।' वह कहती है। 'मैं तीसरी बार यह प्रदर्शनी देखने आई हूँ। इस बार अपने बच्चों को भी साथ लाना नहीं भूली। यह सब देखने के पश्चात् मुझे लगता है कि पश्चिम को भारत के बारे में धारणा बदलनी होगी। तीसरे दुनिया के महत्त्व को ये लोग नकार नहीं सकते। वे गरीब हो सकते हैं, परंतु उनकी आस्था की जड़ें कितनी गहरी हैं!'

एने व्यवसाय से संगीतज्ञ हैं, परंतु अवकाश के क्षणों में चित्रकारी भी कर लिया करती हैं, मूलतः नाइजीरिया की है।

एक बहुराष्ट्रीय अमरीकी कंपनी के उपाध्यक्ष गेवियार कहते हैं, 'अमरीका को इन्हीं मानव-मूल्यों की आज सबसे अधिक आवश्यकता है। नई पीढ़ी को नैतिकता की शिक्षा न दे पाए तो संपूर्ण अमरीका एक दिन नष्ट हो जाएगा।' कुछ रुककर वह आगे कहते हैं, 'मैं योगाभ्यास आरंभ करना चाहता हूँ।'

जाने-माने अमरीकी राजनीतिज्ञ डेफार्ट किसी से बातें कर रहे हैं, 'मैं हर कांग्रेसमैन से अपील करूँगा कि इसे एक बार अवश्य देखें। मेरे बच्चे भी अगले सप्ताह यहाँ आएँगे।

कैलीफोर्निया के एक आप्रवासी भारतीय बातों ही बातों में कहते हैं, 'यह प्रदर्शनी यदि मैंने पंद्रह साल पहले देखी होती तो आज मैं इससे कहीं

अच्छा इनसान बना होता। अपने भारतीय होने पर में कितना गौरव अनुभव कर रहा हूँ।'

वह जो दूर एक विशाल प्रतिमा दिख रही है—'स्टेच्यू ऑफ लिबर्टी'। लोगों की भीड़ उस ओर बढ़ रही है। उन्हें लग रहा है कि यह तो न्यूयॉर्क में स्थापित थी फिर भी यहाँ कैसे आ गई?

यह भी भारतीय कुशल शिल्पियों का कमाल है। 32 फीट ऊँची यह प्रतिमा भारत में बनाकर यहाँ स्थापित कर दी है। भारतीय संस्कृति एवं अमरीकी उदात्त भावनाओं का एक अद्‌भुत समन्वय।

जापान, हॉगकांग, सिंगापुर, इंडोनेशिया, ट्रिनिडाड, जमैका, गुयाना, सूरीनाम, केन्या, युगांडा, जांबिया, दक्षिण अफ्रीका, जायरे, तंजानिया, फ्रांस, जर्मनी, नीदरलैंड, चेकोस्लोवाकिया, स्विट्‌जरलैंड, पुर्तगाल, इंग्लैंड, सऊदी अरब—विश्व के अनेक भागों से लोग यहाँ एकत्र हो रहे हैं। अमरीका, इंग्लैंड, कनाडा तथा भारत से तो प्रतिनिधियों की भरमार है ही।

लगभग 3157 स्वयंसेवक इस समारोह की व्यवस्था में संलग्न हैं, जिन्हें अमरीका के 32 विभिन्न केंद्रों में प्रशिक्षित किया गया है। भारत, इंग्लैंड तथा वेस्टइंडीज के स्वयंसेवक भी संख्या में कुछ कम नहीं हैं। स्वामी नारायण संस्थान के केवल अमरीका और कनाडा में ही 52 केंद्र हैं। समग्र अंतरराष्ट्रीय स्तर पर तीन हजार और दस लाख से अधिक अनुयायी।

इस महोत्सव के आयोजन का बहुत बड़ा श्रेय इन्हीं को जाता है।

सैकड़ों नहीं, हजारों लोगों का श्रम आज सार्थक होने जा रहा है। वर्षों से सँजोए सपने साकार हो रहे हैं। ठीक ग्यारह बजे इस बहुप्रतीक्षित समारोह का विधिवत् उद्‌घाटन होना है। आने की संभावना तो राष्ट्रपति बुश की थी, किंतु अंतरराष्ट्रीय समस्याओं में उलझने के कारण उनका आना संभव नहीं हो पा रहा है। अत: उनके दाहिने हाथ कांग्रेसमैन बिल मेक कौलम आ रहे हैं।

इस समय साढ़े दस बज रहे हैं। सूरज ठीक माथे पर चमक रहा है। लोगों के लिए अपार हर्ष का विषय है कि आज बादल नहीं हैं, वर्षा नहीं

होगी, इसलिए उद्‌घाटन समारोह भली-भाँति संपन्न होगा।

अवकाश का दिन होने से भीड़ अधिक होने की संभावना है। हजारों की संख्या में दर्शक बाढ़ की तरह उमड़ रहे हैं। एडिसन शहर की पुलिस को सूझ नहीं रहा है कि क्या करे? अधिक-से-अधिक संभावित सात-आठ हजार लोगों के लिए कार पार्किंग की व्यवस्था की थी, वह कब की भर चुकी है। चारों ओर यातायात अब रुकने की स्थिति में आ गया है।

चौड़ी-चौड़ी सड़कों पर जहाँ तक दृष्टि जाती है कारें-ही-कारें हैं। प्रश्न दुरूह यह है कि इस सैलाब को कैसे, कहाँ समेटा जाए? व्यवस्था में जो परिवर्तन हो रहा है, उससे कार पार्किंग के लिए स्थान तीन-तीन, चार-चार मील दूर होगा। इतनी दूरी लोगों को धूप में पैदल तय करनी होगी।

किसी को भी अनुमान नहीं था कि इस समारोह में अमरीकियों की इतनी अधिक भीड़ उमड़ जाएगी।

गत तीन सालों से अमरीका में आयोजित हो रहे इस 'कल्चरल फेस्टिवल ऑफ इंडिया' की तैयारी पूरे युद्ध-स्तर पर चली थी। इस यज्ञ में सैकड़ों नहीं, हजारों लोग तन, मन, धन से जुटे थे। विदेश की धरती पर अब तक जितने भी 'भारत महोत्सव' हुए हैं, उनका आयोजन सरकार द्वारा होता था। करोड़ों की धनराशि व्यय होती थी, किंतु इस 'भारतीय संस्कृति महोत्सव' का आयोजन मात्र जनता कर रही है। इसके पीछे ठोस आर्थिक आधार नहीं, मात्र एक सात्त्विक भावना है—नैतिकता के प्रसार की। भारतीयता की गरिमामयी, गौरवशाली भारतीय संस्कृति की एक झलक पश्चिमी संसार को दिखलाने की, कि गरीब भारत आज भी कितना संपन्न है। हजारों वर्षों से संचित इसके संस्कार कितने समृद्ध हैं।

आचार्य विनोबा भावे ने कभी भूदान यज्ञ आरंभ किया था, किंतु यहाँ तो बिना माँगे ही लोग 'सर्वस्व-दान' के लिए आतुर दिख रहे हैं, जहाँ भारत में एक ओर इतना रक्तपात हो रहा है, वहाँ दूसरी ओर त्याग का, तपश्चर्या का ऐसा अद्‌भुत उदाहरण। गुजरात की बोचासंस्वामी स्वामी नारायण संस्थान के एक आह्वान पर हजारों आप्रवासी घर-द्वार छोड़कर यहाँ एकत्र हो गए

हैं। सबका एक ही संकल्प है—यह महायज्ञ सफल सिद्ध हो। भारत का संदेश अमरीका के घर-घर, द्वार-द्वार तक पहुँचे।

भौतिकतावादी अमरीकी जनता को सच नहीं लग रहा है कि 2500 से अधिक स्वयंसेवकों ने तीन साल तक लगातार निःस्वार्थ, निर्व्याज भावना से इस समारोह के लिए कार्य किया होगा।

समारोह के संचालक रसायनशास्त्र के प्राध्यापक डॉ. के.सी. पटेल कल बतला रहे थे कि शिकागो की एक आप्रवासी भारतीय फर्म नें अपनी ओर से कितना चावल भिजवाया। एटलांटावालों ने कितना कागज दिया। अफ्रीका के आप्रवासियों ने कितने फल, कितनी सब्जियाँ भिजवाईं। इन सबकी देखा-देखी अमरीका की 'आई.बी.एम.' कंपनी ने अपने कंप्यूटर समारोह के उपयोग के लिए दान में दे दिए। सारी मेज, कुरसियाँ, दफ्तर का सारा सामान किस तरह से लोगों ने जुटाकर भेजा।

'एक्स-पो' के विशाल हॉल के समीप वह स्थान भी हमने देखा—हजारों वर्ग गज भूमि में फैला एक शेडनुमा गोदाम जिसे यहाँ के स्थानीय प्रशासन ने मात्र इसी उद्‌देश्य के लिए बनाया था। यहाँ भारी-भारी कंटेनरों को बड़ी-बड़ी क्रेनों की सहायता से उतारा गया। घी, दाल, आटा, चावल, सब्जियाँ, गन्ना, फल अँटे पड़े हैं। पाँच-छह हजार लोगों के रोज के भोजन की व्यवस्था है—एक महीने से भी अधिक समय के लिए।

अधिकांश सामग्री आप्रवासियों ने अपनी ओर से भेजी है।

डॉ. पटेल आँकडे प्रस्तुत करते हैं—'यदि सारे स्वयंसेवकों के मात्र श्रम का मूल्य आँका जाए तो वह एक अरब रुपए से अधिक आएगा। यदि अकेला व्यक्ति यह कार्य अपने हाथ में लेता तो उसे बारह सौ वर्ष से अधिक समय लगता।

इन हजारों स्वयंसेवकों में अमरीका में अग्रणी आप्रवासी भारतीय वैज्ञानिक, इंजीनियर, डॉक्टर, प्राध्यापक शामिल हैं। ऐसे कई लोग हैं, जिन्होंने इस समारोह में अपने सक्रिय योगदान के लिए अपनी स्थायी नौकरियों से त्याग-पत्र दे दिया। जो पूर्व अर्जित धनराशि थी, उसी से अब

तक का खर्च चला रहे हैं।

एक ऐसे सज्जन डॉ. आर.एच. पटेल से कल मुलाकात हुई थी। सहज जिज्ञासा से हमने पूछा था, 'अब इस समारोह के पश्चात् क्या करेंगे?'

यों ही निश्छल भाव से हँसते हुए उन्होंने उत्तर दिया था, 'क्यों फिर नौकरी कर लेंगे? डॉक्टर के लिए काम की क्या कमी है!' कुछ सोचते हुए वह आगे बोले थे, 'नौकरी तो कभी भी कर सकते हैं। पैसा तो कभी भी कमाया जा सकता है, किंतु सेवा का ऐसा सुअवसर फिर कब मिल पाएगा? वास्तव में आज हमें अपनी नई पीढ़ी को, जो अपने मूल देश की संस्कृति से कट गई है, संस्कार देना है, जीवन का सच्चा सुख मात्र स्वयं खाने में नहीं, मिल-बाँटकर खाने में है। यह तथ्य जिसकी समझ में आ जाए उसके जीवन में सर्वत्र सुख-ही-सुख है।'

ऐसी ही सेवा-परायण अनेक आकृतियाँ इधर-ऊधर इस मैदान में घूम रही हैं।

समारोह का शुभारंभ अभी जिस सिरे से होने वाला है, वहाँ पर हम सब खड़े हैं। देश के, विदेश के पत्रकारों की भीड़ है। सर्वत्र कैमरे-ही-कैमरे, आदमी-ही-आदमी।

मैं देख रहा हूँ—प्रवेश द्वार के पास बीच मैदान में जो संगमरमर का सफेद फव्वारा सतरंगी किरणें बिखेर रहा है, उसे किन्हीं इसमाइल भाई ने अपनी ओर से भेंटस्वरूप दिया है, उसके चारों ओर लाल रंग के फूल की चादर बिछी है।

पास ही घास का बना एक हरा हाथी हरी घास खा रहा है।

यहाँ की प्राय: सभी इमारतें लाल रंग की हैं, इसलिए यहाँ की सजावट को उसी के अनुरूप बनाने के लिए लाल रंग का अधिक सहयोग लिया गया है। दीवार के साथ-साथ भारतीय नृत्य की मुद्रा में जो अनेक नारी आकृतियाँ हैं, वे सभी प्राय: रक्त वर्ण की लग रही हैं।

प्रथम प्रवेश द्वार, यानी 'मयूर द्वार' पर भी इस लालिमा की छाया है।

अब मात्र दस मिनट रह गए हैं।

विशिष्ट अतिथियों की प्रतीक्षा है।

सामने दो गौरांग तरुण साधु हैं। विशुद्ध अमरीकन, श्वेत वर्ण, घुटा हुआ सिर, माथे पर त्रिपुंड्र, गले में रुद्राक्ष की माला, गैरिक वस्त्र।

वे बतलाते हैं कि उन्होंने हिंदू धर्म स्वीकार कर लिया है। 'नाथ-संप्रदाय' के भारतीय संत शिवय्या सुब्रह्मण्यम के शिष्य हैं। 'हिंदुइजम टुडे' नामक मासिक पत्रिका कैलीफोर्निया से प्रकाशित करते हैं। नाम है—परम स्वामी।

परम स्वामी अभी परम ज्ञान की कुछ और बातें बतलाना चाह रहे हैं कि तभी समारोह का शुभारंभ हो जाता है।

समारोह के प्रेरक प्रमुख स्वामीजी महाराज विल मेक क्लौम को फूल की माला पहना रहे हैं।

ऐसी ही माला अमरीका में भारतीय राजदूत डॉ. आबिद हुसैन के गले में भी पहनाई जा रही है। सबके साथ-साथ विशेष प्रकार की रंग-बिरंगी छतरियाँ लिए तीन सजे-धजे तरुण चल रहे हैं।

सब दक्षिण भारतीय वाद्ययंत्र बज उठते हैं। साधु मंत्रोच्चारण आरंभ करते हैं—

'ओम दृष्टा, दृष्टा।'

कुछ कदम आगे बढ़कर 'मयूर द्वार' के सामने सब ठिठक जाते हैं।

बिल महोदय के माथे पर मंत्रोच्चार के साथ-साथ लाल टीका लगाया जा रहा है। दाहिने हाथ की कलाई पर लाल-पीले रंग की रक्षा बाँधी जा रही है, आबिद साहब की कलाई पर थी।

सामने हरित धरती पर पूजा सामग्री सजी है, जटा नारियल के ऊपर पीला फूल रखा है। चंदन और रोली भी।

मंत्रोच्चारण का स्वर धीरे-धीरे ऊँचा होता है। बिल मैक क्लौम और आबिद साहब हाथों में फूल लिए हैं, जिनमें आचमन से जल चढ़ाया जा रहा है।

वे पुरोहित के आदेश से हाथ के फूल को श्रद्धा से झुककर नारियल पर चढ़ाते हैं।

अब नारियल तोड़ने की रस्म अदा करनी है, जैसे ही पत्थर पर नारियल पटककर तोड़ा जाता है, ऊपर से फूल की पँखुड़ियाँ बरसती हैं, जय-जयकारा का उद्घोष होता है।

और अब पश्चिमी प्रणाली से 'मयूर-द्वार' पर बँधा रिबन नहीं काटा जाता, बल्कि विशुद्ध भारतीय परंपरा के अनुकूल जो कच्चा पीला धागा बँधा है, मैक उसकी गाँठ खोलकर समारोह का विधिवत् शुभारंभ करते हैं।

इस बाईस मोरों वाले, चालीस फीट ऊँचे कलात्मक ढंग से सजे द्वार पर हजारों दृष्टियाँ एक साथ ठहर जाती हैं। केवल बाँस, बेंत और जूट की सहायता से बीस से भी अधिक कुशल कारीगरों ने अपने महीनों के अथक श्रम से जो चमत्कार पैदा किया है, उसे देखकर अमरीकी दर्शक अभिभूत हो रहे हैं।

यहीं से जुलूस आरंभ हो रहा है।

इतने बड़े से विस्तृत क्षेत्र में पैदल भ्रमण करना आसान नहीं है, इसलिए विशिष्ट व्यक्तियों के लिए फूल से सुसज्जित तीन-चार खुली कारों की व्यवस्था की गई है, ताकि निश्चित निर्धारित समय पर उन्हें संपूर्ण प्रदर्शनी दिखलाई जा सके।

सबसे पहले प्रमुख स्वामी महाराज और कांग्रेसमैन बिल मेक क्लौम रवाना होते हैं। फिर आबिद साहब तथा एडिसन के मेयर सेमुअल कॉनवेरी, थॉमस पेटर्निटी आदि।

हौले-हौले कारों का नन्हा काफिला ढलान की तरफ आगे बढ़ रहा है। प्रदर्शनी क्षेत्र में एक स्थान से दूसरे स्थान तक पहुँचने के लिए बच्चों जैसी 'खिलौना गाड़ी' है, इस समय एक-एक गाड़ी में चार-चार, पाँच-पाँच लोग लदे कारों का पीछा कर रहे हैं। अधिकांश में फोटोग्राफर, पत्रकार आदि भी बेतहाशा पीछे-पीछे भाग रहे हैं। बरात की तरह नगाड़े बज रहे हैं, वे भी जुलूस का साथ दे रहे हैं। कार ड्राइवरों ने अपनी सजावट में कोई

कोर-कसर नहीं रहने दी है। रंग-बिरंगी पगड़ी, रंग-बिरंगी शाही गुजराती पोशाक। कार के पीछे रंगीन छतरियाँ ताने सजे-सँवरे युवक सन्नद्ध खड़े हैं।

जुलूस एक स्थान से दूसरे, फिर तीसरे स्थान की ओर भागता चला जा रहा है, धूल उड़ रही है।

विविध रंगों के पारंपरिक परिधानों से किशोर सजे हैं, जुलूस के साथ-साथ वे भी चलने का प्रयास कर रहे हैं। गेरुआ वस्त्रों में एक साधु मूवी-कैमरा लिए जुलूस का साथ दे रहे हैं।

सामने बच्चों का बैंड है, जो अपनी पूरी क्षमता का प्रदर्शन कर रहा है।

मैं देख रहा हूँ—मात्र जोगिया धोती पहने कई साधु भी अब इस दौड़ में शामिल हो रहे हैं।

'हंस-द्वार' के आगे कारवाँ फिर ठिठकता है। द्वार के ठीक सामने बड़ा फव्वारा है, एक रंग सात रंगों में विभाजित होकर बह रहा है।

दाहिने सिरे पर नन्हे-नन्हे गुजराती बच्चे अपनी पारंपरिक पोशाक पहने नन्हे-नन्हे हाथों में, नन्ही-नन्ही डंडियाँ लिए 'डांडिया नृत्य' प्रस्तुत कर रहे हैं। ताल, लय और नन्ही डंडियों के परस्पर टकराने का समवेत स्वर विदेशी दर्शकों का मन मोह रहा है। उनके चारों ओर कैमरों की दीवार सी बन गई है।

पास ही स्वामी नारायण मंदिर है। कई स्वर्ण कलश धूप में जगमगा रहे हैं।

भीतर 'भज नारायण', 'भज नारायण' का भक्ति भरा स्वर गूँज रहा है। यहाँ पर भी विधिवत् पूजा होती है।

मेक सीढ़ियों के नीचे जूते उतार रहे हैं। आबिद साहब भी अभ्यागतों का साथ दे रहे हैं।

पुजारी मेक महोदय को पूजा के लिए फूल व अक्षत दे रहे हैं। मेक विशाल प्रतिमाओं पर उन्हें चढ़ाने लगते हैं तो एक बार फिर वैदिक मंत्र गूँजने लगते हैं।

'ओम देवाय नमः ओम छत्र पालाय नमः।'

आबिद साहब श्रद्धावंत खड़े हैं, उनकी दाहिनी कलाई पर फिर रक्षा बाँधी जा रही है।

पास ही अब चतुर्मुखी ब्रह्मा का दिव्य मंदिर है। लगभग पचास फीट ऊँचा, भीड़ कुछ और आगे बढ़ रही है दूसरी ढलान की तरफ।

विशाल रथ, विशाल पहिए, विशाल दीवारें, पच्चीकारीयुक्त विशाल कपाट। ये दक्षिण भारत के भव्य मंदिरों की अनुकृतियाँ हैं, जिनके निर्माण में सैकड़ों कुशल कलाकारों ने महीनों तक अपना पसीना बहाया है।

हर ढलान में कई प्रतिमाएँ हैं। 'सूर्यरथ', 'चंद्ररथ'—भारत के प्राचीन गौरव की विविध झाँकियाँ प्रस्तुत कर रहे हैं। लक्ष्मी, सरस्वती, नटराज, गजराज, गंगा, विश्वकर्मा भी हैं और 'नमस्कार' की मुद्रा में आसमान की ओर जुड़े दो कमनीय सुकोमल कर।

अमरीकनों को भाँति-भाँति के मंदिरों के भीतर स्थापित मूर्तियों को देखने के लिए बार-बार जूते उतारने पड़ रहे हैं, जिसके वे अभ्यस्त नहीं। नीग्रो समुदाय भी इस दर्शन यात्रा में पीछे नहीं है। नन्हे-नन्हे श्याम वर्णीय, आबनूसी हाथ प्रतिमाओं पर पुष्प चढ़ाने के लिए झुक रहे हैं। यह श्रद्धा अँधेरे महाद्वीप की ओर से है, भारतीय संस्कृति एवं आध्यात्मिक मूल्यों के प्रति।

जुलूस निर्धारित पथ पर अग्रसर हो रहा है। कहीं किंचित् चढ़ाई है। अब वे फूल की वाटिकाओं के निकट हैं। यहाँ नए-नए पौधे लगाए गए हैं, कहा जा रहा है कि इस बार एडिसन क्षेत्र में ऐसे-ऐसे दुर्लभ फूल उगाए जा रहे हैं, जैसे अमरीका के इतिहास में पहले कभी नहीं उगाए गए थे।

कई अमरीकी नागरिक हाथ से छू-छूकर पौधों को परख रहे हैं। कहीं प्लास्टिक के तो नहीं।

डॉ. यशवंत अमीन खड़े हैं, एक-एक पौधे के विषय में विस्तार से बतला रहे हैं। यह सारा चमत्कार उन्हीं का है, यह जानकर हमें आश्चर्य हो रहा है कि डॉ. अमीन वनस्पतिशास्त्री नहीं, बल्कि अमरीका के जाने-माने फार्मासिस्ट हैं। सन् 1988 में जब यहाँ प्रदर्शनी के आयोजन की बात तय

की गई तो 'लैंडस्केपिंग' का कार्य उन्हीं को सौंपा गया। उन्होंने सहर्ष इसे स्वीकार भी कर लिया।

वह एक प्रश्न के उत्तर में बतलाते हैं, 'मेरा जन्म तंजानिया में हुआ था। गत 22 सालों से अमरीका में हूँ। इस महोत्सव में सक्रिय योगदान देने के लिए मैंने अपनी नौकरी से त्याग-पत्र दे दिया है।'

'पेड़-पौधों के बारे में अध्ययन कहाँ से किया है?' पूछता हूँ।

'पहले छह महीने मैंने इस खोज में लगाए कि न्यूयॉर्क और न्युजर्सी क्षेत्र के लिए कौन से पौधे उपयोगी रहेंगे? फिर मैं महीनों अफ्रीका में रहा। भारत भी गया और तरह-तरह के फूल-पौधों के विषय में पर्याप्त जानकारी प्राप्त करता रहा। न्यूयॉर्क, न्यूजर्सी और शिकागो की जलवायु में जिन पौधों के उगने की संभावना लगी, उन्हें प्रयोग रूप में भिन्न-भिन्न नर्सरियों में उगाया। इस कार्य में मुझे आशातीत सफलता भी मिली।

'फिर बड़े पैमाने पर यह कार्य आरंभ किया। तीन लाख पचास हजार पौधे उगाए। यह महोत्सव रंगारंग है, इसलिए पौधे भी उसी के अनुरूप रंग-बिरंगे चुने। लगभग सवा तीन सौ किस्म के नए फूलों का चयन किया। यहाँ इस तरह से अलग-अलग वाटिकाओं में उन्हें उगाया कि हर समय सुबह से शाम तक खिले फूल से ही दर्शकों का साक्षात्कार हो। इसके लिए कुछ फूल ऐसे लिए जो प्रात: खिलते हैं, कुछ दोपहर को और कुछ शाम को। प्रमुख मंदिरों में ही केवल तीस हजार पौधे उगाए हैं।'

इसके लिए क्लीवलैंड व ओहायो में भी नर्सरियाँ बनाई गईं। हम देख रहे हैं, भिन्न-भिन्न स्थानों पर फूल की सैकड़ों बास्केटें लटक रही हैं। मोटे-मोटे पाइप के चारों ओर गोलाई में अनेक छेद हैं, रुपए के सिक्के के बराबर। उनमें से बाहर की ओर खिले फूल की बेलें लटक रही हैं। सारे साल ये फूल इसी तरह खिले रहते हैं, मुसकराते हुए। अमरीकी जगत का इस नए प्रयोग से पहली बार साक्षात्कार हो रहा है।

जगह-जगह जंगल बने हैं। घास के हाथी, घास के हिरण, घास के

जिराफ खड़े हैं। घास चर रहे हैं, छोटे हैं, बड़े हैं—अपने-अपने समूहों में अकेले हैं।

भीड़ से घिरे एक सीनेटर खड़े हैं। प्रश्न पर प्रश्न पूछ रहे हैं, डॉ. अमीन उनकी जिज्ञासा शांत करने का प्रयास कर रहे हैं कि किस तरह के अफ्रीकी फूल यहाँ की धरती पर सुगमता से खिल सकते हैं।

डॉ. अमीन का नया रंग-संयोजन यहाँ के लोगों के लिए नया ही नहीं, आह्लादकारी भी है।

'इस उत्सव के बाद इन पौधों का क्या होगा?' हम पूछते हैं।

'हाँ, यह सबसे कठिन सवाल है। इस कॉलेज के संचालक का कहना है कि इन पौधों को इसी तरह बनाए रखने के लिए आर्थिक सुविधा आवश्यक है, वह उनके लिए संभव नहीं।' वह किंचित् गंभीर मुद्रा में कहते हैं, फिर भी हमने यहाँ सैकड़ों तरह के ऐसे फूल उगा दिए हैं, जो भविष्य में भी स्वयं उगते रहेंगे। उनकी देख-रेख में कुछ भी व्यय नहीं करना पड़ेगा।

'यह क्या है?' एक अमरीकी पत्रकार विशेष प्रकार की बनी एक नर्सरी की ओर देखकर पूछता है।

डॉ. अमीन हँस पड़ते हैं, 'यह पौधों का अस्पताल है, जो पौधे सहसा कमजोर, बीमार हो जाते हैं, उन्हें तुरंत उठाकर यहाँ ले आते हैं। उचित उपचार के पश्चात् फिर उन्हें उचित स्थानों पर पहुँचा दिया जाता है।'

कुछ क्यारियों में भारतीय पुष्प भी खिले हैं। यदि फूल की साज-सज्जा का यह कार्य किसी कंपनी को सौंपा जाता तो पचास लाख रुपए में भी वह ऐसी व्यवस्था नहीं कर पाती।

भारतीय राजदूत इन पेड़-पौधों पर विशेष रुचि दिखला रहे हैं।

'हस्थि-द्वार', 'सिंह द्वार', द्वार-ही-द्वार। 'सरस्वती' की प्रतिमा के पास सबसे अधिक विदेशी खड़े हैं। यह प्रतिमा मुख्यतः जूट से बनी है, जूट का हंस, जूट की सरस्वती, जूट की वीणा। जूट की लहरें।

एक संवेदनशील विदेशी महिला पूछ रही है, 'भारतीय गिटार हाथों में लिए यह महिला इस निरीह पक्षी के ऊपर क्यों बैठी है? पशु-पक्षियों के

प्रति क्या यह क्रूरता नहीं?'

एक सज्जन समझा रहे हैं कि यह इनका वाहन है।

वह तनिक उत्तेजित होकर पूछती हैं, 'क्या कोई व्यक्ति किसी पक्षी के ऊपर बैठकर कहीं जा सकता है? क्या यह कोई हेलिकॉप्टर है?'

इस पौराणिक यथार्थ की गहन दार्शनिक, आध्यात्मिक व्याख्या उसकी समझ से परे लग रही है। किसी पक्षी पर ऐसा अत्याचार सहने की स्थिति में वह अपने को नहीं पा रही है।

अपने-अपने वाहनों से उतरकर सभी विशिष्ट अभ्यागत बाईस हजार वर्ग फीट में फैले इस गुफानुमा 'पैवेलियन' में प्रवेश करते हैं। यह सारा ढाँचा मात्र एल्यूमिनियम का बना है, कुशल स्वयंसेवकों ने स्वयं इसका निर्माण किया है। ऊपर अंग्रेजी में लिखा है—

'ब्यूटीफुल बॉर्डरलेस वर्ल्ड।'

इस सीमा रहित सुंदर संसार की संरचना भारतीय शिल्पियों की उत्कृष्ट कला का एक अद्वितीय उदाहरण है, विश्व की विभिन्न संस्कृतियों का संगीतमय संगम।

सबसे पहले तीस फीट की गोलाई में फैले एक घोंसले में प्रवेश करते हैं, जहाँ दुनिया भर के पक्षी एक साथ बैठकर चहचहा रहे हैं। हर पक्षी के साथ उसके देश का प्रतीक एक छोटा सा बित्तेभर का झंडा है, लिखा है—

'यत्र विश्व भवति एक नीड़म।'

कुछ आगे चलते हैं, अँधियारे में।

प्रकृति का एक और सुंदर स्वरूप, जो सबका है। सबके लिए है, जहाँ देशों की सीमाएँ नहीं मात्र स्नेह के स्वप्नमयी बंधन हैं।

चारों ओर विश्व की अनेक विभूतियों के विशाल चित्र, आगे एक अँधियारे अंचल में जगमगाती सौ प्रतिमाएँ।

ऐसे ही विस्तृत, विशाल दो और पैवेलियन। 'इंडिया, ए कल्चरल मिलियनेयर'। भारतीय संस्कृति के पाँच हजार वर्षों की यात्रा के अनेक विहंगम दृश्य। एक स्थान पर लिखा है—

—एक देश, जो संपूर्ण यूरोप महाद्वीप से बड़ा है।

—एक देश, जहाँ 850 बोलियाँ बोली जाती हैं।

—एक देश, जहाँ केवल आलू पकाने की 450 विधियाँ हैं।

उसके कुछ नीचे अंकित है—

—'शून्य' का आविष्कार भारत की देन है।

—'अहिंसा' का स्वर भारत का स्वर है।

भारतीय नृत्य, भारतीय वास्तुकला, भारतीय पशु-पक्षी, भारतीय वनस्पति, भारत के विभिन्न भागों के जीवंत दृश्य, भारत के निवासी भारत के विभिन्न स्वरूपों को 'तीसरे आयाम' वाले चित्रों की सहायता से प्रदर्शित किया है।

अंत में वैदिक ऋचाओं के भाष्य हैं। आबिद साहब मेक महोदय को संस्कृत में लिखे 'वसुधैव कुटुम्बकम्' शब्द का अर्थ समझा रहे हैं। आबिद साहब महोत्सव की संरक्षक समिति के सक्रिय सदस्य हैं और दायित्व भी निभा रहे हैं।

जगह-जगह स्टॉल लगे हैं। भारतीय भोजन की विविध बानगियाँ प्रस्तुत की जा रही हैं। हमारे देश में मूर्तियाँ कैसे बनती हैं? खंड्डियों में कपड़ा कैसे तैयार किया जाता है? प्राकृतिक रंग कैसे बनते हैं?

भारतीय फर्नीचर एक स्टॉल में रखा है। पेंसिलवेनिया की अमरीकी महिला काउंटर पर बैठी है, इनके पति भारतीय मूल के हैं। कहती हैं, 'यह फर्नीचर हमने बड़ौदा से मँगवाया है, यहाँ के लोगों को बहुत पसंद आ रहा है। अभी यह खुला ही है कि 20-25 लाख के ऑर्डर मिल गए हैं।'

गुजरात की रीता शाह 'एयर इंडिया' के काउंटर पर बैठी हैं, बतला रही हैं कि एक लाख लोगों की व्यवस्था करनी है।

राजस्थान के राणाजी रावत कठपुतलियों का कमाल दिखला रहे हैं।

कलकत्ता के दसुरथी पोड़ेली बेंत से पहिया बना रहे हैं।

'सन् 1985 में लंदन में आयोजित महोत्सव भी ऐसा ही भव्य था।' श्रीमती पुष्पा भारती कहती हैं, देश-विदेश के अनेक पत्रकार अचरज से खड़े हैं।

मैं देख रहा हूँ, अमरीका में भारतीय आप्रवासियों के बच्चे एक खुले मंच पर 'नगा नृत्य' प्रस्तुत कर रहे हैं। 25 लोकनृत्य, संपूर्ण भारत के, प्रस्तुत करने की योजना है। पास ही एक नया पैवेलियन बन रहा है, जहाँ सचमुच की चार शादियाँ होंगी, ताकि अमरीकन भारतीय पाणिग्रहण संस्कार देख सकें। इस समय बरात का पूर्वाभ्यास हो रहा है। बैंड बज रहे हैं, एक पूरी बरात जा रही है जुलूस की शक्ल में।

कारों का कारवाँ अंत में एक विशाल खुले मंच के पास ठहरता है। आज के समारंभ-समारोह का यह अंतिम भाग है।

बारह बज रहे हैं। लोग कह रहे हैं, एडिसन शहर में ऐसी चमचमाती धूम वे पहली बार देख रहे हैं।

खुले मंच पर सभी अभ्यागत बैठ रहे हैं। मेक, आबिद साहब के अलावा मेयर ऑफ एडिसन, कांग्रेसमैन बर्नार्ड ड्वायर आदि।

माइक के पास जाकर एक सज्जन अपना लिखित भाषण विनम्र, मंद शब्दों में पढ़ रहे हैं—

प्रमुख स्वामीजी महाराज की अनुकंपा से गत तीन वर्षों का श्रम आज सार्थक हो रहा है। इस वर्ष योगीजी महाराज की जन्म-शताब्दी भी है। शांति एवं समृद्धि के प्रतीक सौ कपोत अंत में उड़ाए जाएँगे। अब सबसे पहले—'कपोत नृत्य'।

छोटे-छोटे बच्चे गुजराती परिधान में दुग्ध धवल कपोत बने हुए हैं। लय एवं ताल के साथ नाच रहे हैं।

फिर 'कपोत नृत्य' के पश्चात् प्रवचन।

अंत में पेटियों में बंद सौ कबूतर उड़ाए जा रहे हैं। अंतिम कबूतर प्रमुख स्वामीजी के हाथ पर बैठ गया है। प्रयत्न करने पर भी उड़ने का नाम नहीं ले रहा है। आबिद हुसैन आते हैं, साथ ही एक अन्य व्यक्ति, परंतु उड़ाए जाने पर भी वह उड़ने से साफ इनकार कर रहा है।

कुछ भक्तगण इसे चमत्कार की संज्ञा दे रहे हैं तो कुछ अमरीकन इसे

स्वामीजी का पक्षी-प्रेम। खैर, अंत में जब वह उड़ता है तो देर तक तालियों की गड़गड़ाहट होती है।

दूर एक और विशाल पैवेलियन है, जहाँ चार हजार दर्शक आराम से बैठ सकते हैं।

सुबह का समय है। आसमान में बादल हैं। हलकी-हलकी बूँदाबाँदी कल रात से हो रही है। इस समय भी बादल गरज रहे हैं, ऐसे प्रतिकूल मौसम के बावजूद न्यूजर्सी एवं न्यूयॉर्क से आए दर्शकों/श्रोताओं से कक्ष पूरा भर गया है।

यहाँ पर जुलाई बारह तारीख से अगस्त ग्यारह तक प्रतिदिन सांस्कृतिक समारोह आयोजित होंगे। संगीत, भजन, प्रवचन! अंतरराष्ट्रीय समस्याओं पर विश्व के जाने-माने बुद्धिजीवियों के सेमिनार!

पंडित जसराज, हरिप्रसाद चौरसिया, जाकिर हुसैन आदि की लंबी सूची है।

आज का विषय है—'संस्कृति एवं सांस्कृतिक एकता'।

मंच पर अनेक बुद्धिजीवी एवं अनेक धर्माचार्य, मुनि श्री सुशील कुमारजी, स्वामी चिन्मयानंद आदि विराजमान हैं।

मंच के सामने साधु-ही-साधु।

साधु तबला बजा रहे हैं।

साधु मँजीरा बजा रहे हैं।

मात्र गेरुआ धोती पहने नंगे पाँव, नंगे सिर एक साधु तीन-चार कैमरे लटकाए इधर-उधर दौड़ रहे हैं।

एक साधु मूवी कैमरा चला रहा है।

वैदिक मंत्र गूज रहे हैं—

'ओम द्यौः शान्तिः वसुधैव रावः शान्तिः'

स्वामी चिन्मयानंद का भाषण बड़ा विचारोत्तेजक लग रहा है।

'हमारी एक पहचान आवश्यक है हमारी अस्मिता की रक्षा के लिए। यहाँ पर हम भारतीय कुल अमरीकी जनता के अनुपात में केवल दो प्रतिशत

हैं, किंतु हमारा योगदान सबसे उल्लेखनीय है। इसके बावजूद हमारी यहाँ अपनी कोई पहचान नहीं। यहूदी भी संख्या में कम हैं, किंतु उनके अस्तित्व को स्वीकार किया जाता है, क्योंकि वे संगठित हैं। इस राष्ट्र के निर्माण में हमारी भूमिका भले ही कितनी महत्त्वपूर्ण हो, परंतु हम हमेशा उपेक्षा के पात्र रहेंगे, यदि हम में एका नहीं होगा। क्या जनतंत्र में अल्पमत की बात कभी सुनी जाती है?'

अंत में साधु आत्मास्वरूप दासजी समापन भाषण दे रहे हैं—

'यहाँ अमरीका की लगभग पाँच सौ संस्थाओं के प्रतिनिधि उपस्थित हैं। अमरीका में इतना बड़ा आयोजन इससे पूर्व शायद पहले कभी नहीं हुआ था, इतने लोग कभी एक स्थान पर एकत्र नहीं हुए। क्या यही पर्याप्त नहीं है कि हममें अटूट एकता है...सबका साथ आना एक शुभारंभ है और सबका साथ काम करना एक सफलता। हमारा यह शुभ संकेत सभी आप्रवासियों तक पहुँचे। सारी अमरीका की महान् जनता तक पहुँचे, हमारी आकांक्षा है।'

कहीं दीवार पर लिखा है—अमरीका में एक करोड़ बीस लाख लोग शाकाहारी हैं।

कहीं एक तख्ती टँगी है—अहिंसा परमो धर्मः।

भाईचारे की जो पारिवारिक भावना अब भारत में भी विरल हो रही है, उसे यहाँ पुष्पित-पल्लवित होते देखना कहीं बहुत अच्छा लग रहा है। प्रतिदिन लगभग छह-सात हजार व्यक्तियों के लिए विशुद्ध भारतीय भोजन की व्यवस्था करना आसान नहीं, लेकिन व्यवस्था इतनी व्यवस्थित है कि किसी को चाहकर भी शिकायत का अवसर नहीं मिल पा रहा है।

संभ्रांत परिवारों की दो सौ से अधिक महिलाएँ रसोई का भार सँभाले हुए हैं। बारह-चौदह साधु आवश्यक सामग्री के वितरण में व्यस्त हैं।

सामाजिक प्रतिष्ठा या आर्थिक संपन्नता का यहाँ कोई प्रश्न नहीं, जिस व्यक्ति को जो कार्य सौंप दिया, उसे ही वह श्रद्धापूर्वक कर रहा है। महिलाएँ तथा बच्चे पुरुषों से हर क्षेत्र में आगे दिख रहे हैं। छोटे-छोटे बच्चे कंप्यूटरों का कार्यभार सँभाले हुए हैं। प्रायः सारे स्टाल महिलाएँ चला रही

हैं, ऑफिस के कार्यों में भी वे पीछे नहीं हैं।

निष्काम सेवा का ऐसा उदाहरण आज की दुनिया में कहाँ मिलता है!

'एक्स-पो' के विशाल हॉल के आगे गाड़ियों की कई कतारें दिख रही हैं। अतिथियों की सुविधा के लिए अलग से एक यातायात विभाग है। लोगों ने अपनी-अपनी गाड़ियाँ ही इस कार्य के लिए नहीं दीं, बल्कि कुछ तो स्वयं भी सक्रिय सहयोग दे रहे हैं। अभी जो सज्जन पत्रकारों को इधर-उधर ले जा रहे थे स्वयं गाड़ी चलाकर, हमने देखा, बीच न्यूयॉर्क शहर में इनका इतना बड़ा प्रोविजन स्टोर है कि आँखें खुली-की-खुली रह जाती हैं। इसी तरह कल तो महानुभाव 'कार सेवा' में व्यस्त थे, किसी ने बाद में बतलाया कि ह्यूस्टन में बहुत बड़े इंजीनियर हैं।

किशोर बच्चे दिन में प्रायः ऊँघते दिखते हैं। रातभर ये कार्यालयों में काम करते हैं, कार्यालय दिन-रात समान गति से चल रहे हैं।

जूठे बरतन उठाने में भी लोगों की आकृतियों में वही श्रद्धाभाव झलकता है।

'इंडियन विलेज' पैवेलियन में एक सीधे-सादे गुजराती सज्जन गाइड के रूप में खड़े हैं। गाँव का सा वातावरण है यहाँ। प्लास्टर ऑफ पेरिस से बनी गाय खड़ी है। चारपाई पर बैठा प्लास्टर ऑफ पेरिस का एक किसान हुक्का गुड़गुड़ा रहा है। हरे पेड़ की शीतल छाँह में बछड़ा बँधा है। ये महानुभाव विदेशी दर्शकों के प्रश्नों के उत्तर देकर, उनकी जिज्ञासा शांत कर रहे हैं।

भीड़ छँटती है तो मैं भी कुछ सवाल पूछता हूँ। वे बड़ी आत्मीयता से मिल रहे हैं। भारत के बारे में इस तरह बतला रहे हैं, जैसे अभी-अभी भारत से लौटे हों।

इन सज्जन से इनके काम के बारे में पूछता हूँ तो वे टाल जाते हैं। फिर पूछने पर पता चलता है कि ये 'नासा' में वैज्ञानिक हैं सन् 1978 से।

मेरे आश्चर्य की सीमा नहीं रहती, जब मालूम पड़ता है कि 'नासा' में काम कर रहे विख्यात भारतीय वैज्ञानिक डॉ. सुरेश पटेल ये ही सज्जन हैं।

गुजरात में पैदा हुए। युगांडा में प्रारंभिक शिक्षा पूरी की और फिर इंग्लैंड में इलेक्ट्रिक इंजीनियरिंग का विशेष अध्ययन। और अब अमरीका में जाने-माने आप्रवासी वैज्ञानिक, जिन्होंने अंतरराष्ट्रीय क्षितिज में भारत की गरिमा को बढ़ाया है।

डॉ. पटेल 'नासा' से विशेष रूप से छुट्टी लेकर अपने संपूर्ण परिवार के साथ इस महोत्सव में सेवारत हैं।

ऐसे ही एक और सज्जन हैं—डॉ. नरहरि वी. पटेल, ग्रामीण पंडितों की तरह माथे पर टीका लगा रखा है।

नरहरि भाई क्लीवलैंड ओहायो में अरबो डॉलर लागत के एक विशाल रासायनिक कारखाने में प्रमुख इंजीनियर हैं। छह महीने से बिना वेतन का अवकाश लेकर यहाँ सेवारत हैं।

'एक बात पूछूँ नरहरि भाई, आप यहाँ क्यों आए हैं?'

नरहरि भाई हमेशा की तरह मुसकराते रहते हैं, 'हम यहाँ एक मिशन लेकर आए हैं। हमें भारत की इमेज बदलनी है, जब लोग हमारे इन मानवीय प्रयासों की मुक्तकंठ से सराहना करते हैं तो वह सब सुनना अच्छा लगता है। हम गौरवान्वित अनुभव करते हैं अपने भारतीय होने पर।'

कार्यकर्त्ताओं के लिए समान भारतीय पोशाक है। पुरुष/किशोर/बच्चे कुरता, पाजामा तथा जवाहरकट में हैं, महिलाएँ रेशमी साड़ियों में।

एक अधेड़ से व्यक्ति 'वॉकी-टॉकी' लिए घूमते रहते हैं। हर किसी की खोज-खबर रखते हैं।

कुरता-पाजामा पहने इन व्यक्ति की ओर देखकर एक साथी गुजराती सज्जन से पूछते हैं, 'लगता है, अपने ये मुकुंद भाई रात को सोते नहीं। इन्होंने इस समारोह की इतनी पब्लिसिटी कर दी है कि आने वालों की भीड़ के कारण एडिसन की पुलिस की नींद हराम हो गई है। वे मीडिया से हैं क्या?'

'नहीं-नहीं।' वह बतलाते हैं, 'ये मीडिया से नहीं ठोस मशीन से ताल्लुक रखते हैं।'

पता चलता है कि केन्या में जनमे मुकुंद भाई ही डॉ. मुकुंद एच.

पटेल हैं, जो अमरीका के विख्यात एयरोनॉटिक हैं, जिन्होंने बीस वर्ष के कठोर श्रम के पश्चात् अमरीकी वायु सेना के लिए विश्व के सबसे बड़े हेलिकॉप्टर 'चिनुख' यानी 'सी.एच.47' हेलिकॉप्टर का डिजाइन तैयार किया था। 'बोइंग 767' के पंखों का डिजाइन भी इनकी ही देन है, जिसके रिसर्च में पूरे आठ साल लगे थे।

वर्षों तक 'ग्रमन एयर क्राफ्ट्स' में 'लाइट वेट स्ट्रक्चर' के क्षेत्र में जो महत्त्वपूर्ण कार्य किया, उसकी संसार भर में सराहना हुई थी। इधर इराक युद्ध में 'ए-6 ई प्लेन' की भूमिका सबसे महत्त्वपूर्ण मानी गई है। यह यान इलेक्ट्रॉनिक इंफार्मेशन प्राप्त कर पूर्व सूचना दे देता है। यदि अमरीका वायु सेना के पास यह वायुयान न होता तो सऊदी अरब की तबाही की कल्पना भी नहीं की जा सकती थी। कम लोगों को ज्ञात है कि इसकी 'रिमॉडलिंग' का कठिन कार्य इन्हीं मुकुंद भाई ने किया था।

एक दिन बातों ही बातों में मुकुंद भाई कहते हैं, 'हमारी बड़ी आकांक्षा थी, भारत की सेवा करने की, इसी उद्देश्य से एक बार गया भी था भारत। भारत सरकार ने मुझे बैंगलोर के हिंदुस्तान एयरोनॉटिक्स कारखाने में चीफ इंजीनियर का पद देने की पेशकश भी की थी, पर अंत में गया नहीं। हम जानते हैं भ्रष्ट नौकरशाह और अदूरदर्शी राजनीतिज्ञ कुछ करने नहीं देंगे।' कुछ रुककर वह आगे कहते हैं, 'भारत की वर्तमान दशा देखकर हृदय द्रवित होता है। परंतु क्या करें, हम कुछ कर पाने की स्थिति में अपने को नहीं पा रहे हैं!'

आज अंतिम दिन है एडिसन प्रवास का, अंतिम बार प्रदर्शनी मैदान की ओर जा रहे हैं। एक दस-ग्यारह साल का संभ्रांत बालक एक किनारे बैठा है, दर्शकों के जूतों पर निःशुल्क पॉलिश कर रहा है।

मुझे कुछ याद आता है। मैं उसके समीप जाता हूँ, 'क्या तुम वही नहीं, जो दोपहर को भोजन के समय जूठे बरतन समेट रहे थे?'

'हाँ'! वह मात्र सिर हिलाता है।

'क्यों?'

'मेरे माता-पिता ने मुझे सिखलाया है कि मानव सेवा से बड़ा धर्म और कोई नहीं होता।'

'तुम्हारे माता-पिता क्या काम करते हैं?'

'शिकागो में डॉक्टर हैं।'

यह आप्रवासी गुजराती शिशु यहाँ अपनी छुट्टियाँ बिताने आया है माता-पिता के साथ। वे भी सेवा के किसी ऐसे ही कार्य में संलग्न हैं।

भौतिकतावादी अमरीका की धरती पर निष्काम कर्म एवं समर्पित सेवा का ऐसा आदर्श उदाहरण गांधी का गुजरात ही दे सकता है। आज से दशाब्दियों पूर्व इस धरती पर स्वामी विवेकानंद ने दलित, पराधीन भारत का जो आध्यात्मिक, नैतिक उज्ज्वल चित्र प्रस्तुत किया था, लगता है आज यह उसका अगला चरण है। इसने चरितार्थ कर दिया है कि भारत 'महाभारत' का ही नहीं, 'महान् भारत' का भी प्रतीक है।

(सन् : 1991)

□

नेपाल के निमित्त

हमें प्रात: बनैपा जाना था—काठमांडू से चालीस-पचास किलोमीटर पूर्व। एवरेस्ट की चाँदी की तरह चमचमाती शुभ्र चोटियाँ जहाँ से स्पष्ट दिखती हैं।

कोई नेपाल जाए और 'सगरमाथा' के दर्शन न करे, यह कैसे संभव हो सकता है!

बनैपा स्वयं में एक ऐतिहासिक महत्त्व का स्थान रहा है। अतीत में नेपाल की पहचान भी।

कविवर केदारमान 'व्यथित' का मेहमान था। वे बुजुर्ग की तरह थे—आत्मीय भी, स्नेहशील भी! चाहते थे कि इन आठ-दस दिनों में नेपाल के कुछ महत्त्वपूर्ण स्थलों को देख लूँ और नेपाल के कुछ अग्रणी लेखकों से संवाद भी। नौ दिनों में ग्यारह गोष्ठियों का कार्यक्रम रखा था।

हमारे साथ नेपाली/नेवारी के दो-तीन लेखक मित्र भी थे। कभी-कभार हिंदी में भी कुछ लिख लिया करते थे।

व्यथितजी हर स्थान का वर्णन बड़ी रुचि लेकर विस्तार से कर रहे थे।

पशुपतिनाथ के मंदिरों के आगे पहले कुछ समतल भूमि आई और फिर पहाड़ी सड़कों के बलखाते मोड़। जिज्ञासा के साथ हम देखते चले जा रहे थे—एक प्राचीन नगर के नाना रूप, नए रंग।

लगभग ढाई घंटे की यात्रा के पश्चात् हम पहुँचे पर्वतों की शृंखलाओं के ऊपर, जहाँ से आसमान बहुत निकट लग रहा था। बादल भी वृक्षों के ऊपर

झुके-झुके से। शीतल बयार भी सुखद अहसास जगा रही थी।

सड़क के किनारे एक विशुद्ध नेपाली भोजनालय था, जिसे 'ढाबा' कहना अधिक न्यायसंगत होगा। वहीं भोजन की व्यवस्था थी।

स्वच्छता का अहसास कम हो रहा था।

बरतन भी पुराने कहीं-कहीं पिचके हुए, कहीं काले!

भोजन के पश्चात् पैदल चलना था, उस ऊँचाई तक, जहाँ से एवरेस्ट की गगनचुंबी शृंखलाएँ आसमान को छूती हैं।

चीड़, देवदार के वृक्ष, चारों ओर निस्तब्ध नीरवता!

जैसे ही झीने, मखमली बादल बिखरे, सामने का परिदृश्य चमक उठा चकाचौंध के साथ।

एवरेस्ट के बारे में कितना कुछ नहीं पढ़ा था पर आज उससे मिलना, उससे मूक-संवाद करना कम आह्लादकारी नहीं लग रहा था।

बचपन में ज़ब पढ़ना आरंभ किया था, तब लगता था—सारा हिमालय हमारा है। विश्व का सर्वोच्च शिखर भी भारत और भारतीयता की परिधि में आता है, दिनकर की कविता—

'मेरे नगपति! मेरे विशाल।'

सब में वही विश्व का शिखर-शृंग समाहित है।

तेनजिंग तथा हिलेरी ने जब एवरेस्ट पर अपनी विजय-पताका फहराई, तब एक और यथार्थ उभरकर सामने आया।

जो भी, जिसका भी, जब रहा हो—हिमालय और कैलाश-मानसरोवर के बिना भारतीय संस्कृति की सही अवधारणा ही संभव नहीं। ये कुछ प्राण-तत्त्व हैं, जो आदि ही नहीं, अर्वाचीन संस्कृति के भी अविच्छिन अंग हैं।

हिमालय को नमन कर अब एक दूसरी दुनिया से साक्षात्कार करते हैं।

हिमालय की हिमाच्छादित शृंखलाओं के नीचे, ठीक सामने एक और लीला दिखती है, प्रकृति की विनाश-लीला, नहीं-नहीं, महाविनाश लीला!

सामने के सारे पहाड़, ऊपर से नीचे तक निपट नंगे हैं। एक भी खूँटा नहीं दिखता। घास के तिनके होने तक का भी अहसास नहीं! लगता है किसी

दानवीय प्रवृत्ति की व्याधि ने निर्ममता के साथ इन जीवित पहाड़ों की खाल उतार ली है। वे खल्वाट ढाँचे प्राणहीन प्रतिमाओं की तरह चुप खड़े हैं।

मानव इतना बड़ा दानव भी हो सकता है।

मैं अवाक् सा देखता रह जाता हूँ!

धीरे-धीरे नीचे उतरते हैं।

सब चुप हैं।

नीचे वृक्षों के झुरमुट से आगे एक ऊँचे पत्थर पर बैठते हैं। धूप मीठी लग रही है।

यहाँ से काठमांडू-उपत्यका का विहंगम दृश्य दिख रहा है।

छितरे हुए मकान!

बिखरी, बेतरतीब बस्तियाँ!

लगता है, इनके शब्दकोश में नियोजित ढंग से कुछ करने की परंपरा नहीं है।

'कैसा लगा काठमांडू?' व्यथितजी ने पूछा।

'क्या कहूँ, क्या न कहूँ!'

वे मेरी ओर देखते हैं।

मैं देर तक मौन साधे शून्य में जैसे उपयुक्त शब्द खोजता रहता हूँ। संयत स्वर में अंत में धीरे-धीरे स्वयं को सुनाता हुआ कहता हूँ—'अच्छा लगा, पर जैसा लगना चाहिए था, वैसा नहीं! कल एक गंदे नाले के रूप में परिवर्तित होती बागमती नदी को देखकर मैं आहत हुए बिना नहीं रहा। 'जन-सुविधा' के लिए भी घरों में पर्याप्त पानी नहीं, यह किस शताब्दी का शहर है। स्वच्छता की जहाँ कोई संयत परिकल्पना तक नहीं, न परिभाषा ही। लगता है, यह शहर अपनी पहचान खो रहा है!'

मैं शायद आवश्यकता से अधिक कह गया था।

कुछ बोल नहीं पाए थे व्यथितजी!

व्यथितजी चिंतक हैं, नेपाल के अग्रणी कवि। चार या पाँच काव्य-संग्रह हिंदी में ही प्रकाशित हुए हैं। नेपाली तथा नेवारी में अलग, अपने जमाने में

प्रखर क्रांतिकारी रहे हैं। नेपाल में जनतांत्रिक मूल्यों के लिए सशस्त्र-संग्राम में भी उनकी विशिष्ट भूमिका रही है। राणाशाही के विरुद्ध छेड़े गए अभियान के लिए मृत्युदंड की सजा सुनाई गई थी। चौदह वर्ष तक भागलपुर जेल में सजा काटी थी, तब विश्वेश्वर प्रसाद कोइराला ने स्वयं भारत आकर प्रधानमंत्री नेहरू से प्रार्थना की थी कि किसी भी कीमत पर व्यथितजी को नेपाल सरकार को न सौंपा जाए। वहाँ पहुँचते ही इन्हें मौत के घाट उतार दिया जाएगा।

नेपाल में जनतंत्र आया, व्यथितजी कुछ अरसे तक नेपाल के गृहमंत्री भी रहे। परिवहन मंत्री भी, किंतु बाद में राजनीति के दलदल से निकलकर साहित्य-साधना में संलग्न हो गए।

'पहचान खोने से आपका तात्पर्य?' उन्होंने मेरी ओर देखते हुए पूछा।

'हर देश की अपनी एक अलग पहचान होती है, अपनी संस्कृति, अपने संस्कार। विश्व बाजारवाद की इस अंधी दौड़ में लगता है, हम अपनी पहचान खोते चले जा रहे हैं, जिस देश की अपनी पहचान नहीं होती, उसका अस्तित्व भी धीरे-धीरे सिमटता चला जाता है...।'

'किस बात को देखकर आपको ऐसा लगा?'

'मैंने जितना भी नेपाल देखा है, लगता है पश्चिम का अंधा प्रभाव इस पर हावी होता चला जा रहा है। नेपाल अत्तर-गांजा पीने वाले विदेशी हिप्पियों का स्वर्ग ही नहीं, यहाँ की संस्कृति की जड़ें भी बड़ी गहरी हैं। लगता है, बाह्य रूप से भी यह विकृत होता चला जा रहा है...।'

मैं आगे कहता हूँ, 'ये सामने घाटी में जो सफेद इमारतें दिख रही हैं, ये मात्र सीमेंट के ढाँचे नहीं तो और क्या हैं? नेपाल का अपना वास्तुशिल्प है। अपनी एक अलग पहचान, जिसके कारण नेपाल नेपाल के रूप में विश्व में प्रसिद्ध है। आज भी पुराने घरों या इमारतों में वह शिल्प सहज ही खोजा जा सकता है। लगता है, नएपन की दौड़ में सारी विशेषताएँ धूमिल होती चली जा रही हैं। भूटान ने अपनी पहचान अब तक बनाए रखी है। भूटान अभी भी भूटान जैसा ही लगता है।'

'आपका आकलन सही है।' व्यथितजी बोले, 'नेपाल में लोग नेपाल

देखने आते हैं। ऊँची-ऊँची इमारतें तो न्यूयॉर्क या पेरिस में भी कम नहीं! इस प्रश्न पर कुछ समय पहले चर्चा भी चली थी, पर कुछ ठोस कार्य हुआ नहीं।'

'विदेशी शासन के कारण भारत ने बहुत कुछ खो दिया है। विदेशी भाषा, विदेशी परिधान, सारा रहन-सहन, सारी सोच। चूँकि नेपाल कभी पराधीन नहीं रहा, इसलिए वह अपनी अतीत की कुछ विशेषताओं को बनाए हुए है। लाखों पर्यटक प्रतिवर्ष यहाँ आते हैं—नेपाल में, नेपाल को देखने।'

जो बात नेपाल के लिए है, वह भारत पर भी लागू होती है। यह कौन सा भारत भविष्य में बनने जा रहा है, इस ओर किसी का भी ध्यान नहीं है। हिमाचल, उत्तरांचल, सिक्किम, मेघालय, अरुणाचल आदि ये छोटे-छोटे राज्य हैं, जिनकी अपनी एक विशिष्ट पहचान है, उसे बनाए रखने के प्रयास होने चाहिए। शिमला, मसूरी, नैनीताल आदि पर्वतीय शहरों में ये जो सीमेंट के जंगल उग रहे हैं, जिस तेजी से उनमें वृद्धि हो रही है, अंततः उनकी परिणति क्या होगी?

(सन् : 2005)

□

सूरीनाम : वे दिन

भूगोल की पुस्तकों में कभी पढ़ा था—भूमध्यरेखीय प्रदेशों में भीषण गरमी पड़ती है। प्रायः प्रतिदिन बारिश, इसलिए संसार में सबसे अधिक घने वन इसी क्षेत्र में पाए जाते हैं। ब्राजील की 93 प्रतिशत भूमि गहरी हरियाली से आच्छादित है।

अतीत का यह पढ़ा आज प्रत्यक्ष देख रहे हैं, विमान से झाँक रहे हैं—नीला जल, काले-घने बादल और दूर कहीं हरियाली के छींटे।

विमान उतरने की प्रक्रिया में धीरे-धीरे धरती की ओर झुक रहा है। यात्रियों का कौतूहल भी बढ़ता चला जा रहा है। लगभग बीस हजार किलोमीटर की लंबी यात्रा के पश्चात् एक प्रकार के सुकून का अहसास।

जिस हिंदी को भोजपुरी-अवधी के रूप में, 'हनुमानचालीसा' तथा 'रामचरितमानस' आदि धर्मग्रंथों के माध्यम से भारत से जाते समय वे ले गए थे अपने साथ और जिसे उन्होंने तूफान के बीच दीये की तरह जलाए रखा—आज एक सौ तीस साल बाद वह एक नए रूप में साकार होकर उपस्थित हो रहा है। उसका वैश्विक स्वरूप उभर रहा है। वह अब गिरमिटिया श्रमिकों की ही नहीं, शासकों, राष्ट्राध्यक्षों की भी भाषा बन गई है, जो संसार के एक सौ बीस देशों में किसी-न-किसी रूप में अपनी उपस्थिति का अहसास जता रही है।

मॉरिशस, त्रिनिदाद, ब्रिटेन के पश्चात् 'विश्व हिंदी सम्मेलनों' की यह सातवीं यात्रा है—सातवीं मंजिल! एक सौ तीस साल पहले जो प्रथम भारतीय

श्रमिक यहाँ आए थे, उनके आगमन की स्मृति में इस 'हिंदी महापर्व' का आयोजन हो रहा है। भारत के अलावा अनेक देशों के हिंदी लेखक, हिंदी प्राध्यापक, हिंदी प्रचारक, हिंदी सेवी अपनी उपस्थिति का अहसास जता रहे हैं।

लगभग साढ़े चार लाख आबादी वाले इस देश में, जिसके 37 प्रतिशत लोग भारतीय मूल के हैं, सर्वत्र भारतीय-ही-भारतीय दिख रहे हैं। पारामारिबो शहर सूरीनामी नहीं, एक भारतीय शहर जैसा लग रहा है।

दिनांक 6 जून को प्रातः सम्मेलन का शुभारंभ करते हुए सूरीनाम के अफ्रीकी मूल के राष्ट्रपति रूनाल्डो वेनेत्शियान ने अपने उद्‌बोधन में कहा था—'सूरीनाम और भारत के बीच प्रगाढ़ आत्मीय संबंध हैं। दोनों देश अनेक अर्थों में एक-दूसरे से गहरे जुड़े हैं। दोनों के बीच पुराने भाषायी संबंध हैं। भाषा भावों की अभिव्यक्ति का सशक्त माध्यम होती है। हिंदी की जननी संस्कृत की अपनी विशेषताएँ हैं, उसके साथ-साथ आज विश्व की एक प्रमुख भाषा के रूप में हिंदी भी उभर रही है। सूरीनाम में हिंदी के प्रचार-प्रसार में, हिंदी को आम आदमी तक पहुँचाने में हिंदी फिल्मों तथा संगीत का भी विशेष योगदान रहा है। हिंदी चलचित्रों के प्रति सूरीनाम के भारतवंशियों का ही नहीं, अन्य सूरीनामी लोगों का भी गहरा लगाव है।'

एक दीप प्रज्वलित होते ही लगा कि एक साथ न जाने कितने जगमगाते दीपक जल उठे हैं, सूरीनामी भारतवंशियों का उत्साह देखने योग्य था। कहीं ऐसा अहसास हो रहा था जैसे एक सौ तीस साल से बिछुड़े बंधु आज फिर गले मिल रहे हैं। यह 'भरत-मिलाप' बहुत आह्लादित कर रहा था।

कितना कुछ नहीं बदल गया सौ-सवा सौ सालों में। वे आप्रवासी जो गिरमिटिया मजदूरों के रूप में आए थे, आज यहाँ के शासकों में यानी सर्वोच्च शासकों की प्रथम कतार में हैं, यहाँ के उपराष्ट्रपति हैं, संसद के अध्यक्ष हैं, केंद्रीय मंत्रिमंडल के सदस्य हैं। राष्ट्र की अर्थव्यवस्था में उनकी महत्त्वपूर्ण भूमिका है। उसी तरह भारत भी अब वह पराधीन भारत नहीं, बल्कि आने वाले कल की विश्व की एक उभरती हुई महाशक्ति है। उसकी राष्ट्रभाषा विश्व की

सबसे अधिक बोली जाने वाली भाषाओं के बीच अग्रिम पंक्ति में खड़ी है। वह अब 'हनुमान चालीसा' तक सीमित नहीं, उसकी सरहदें सातों सागरों को पार कर अपनी अलग पहचान बना रही है।

सूरीनाम के उपराष्ट्रपति श्री रतन कुमार अजोध्या जब भोजपुरी-अवधी मिश्रित हिंदी में संबोधित करते हैं तो उसका माधुर्य द्विगुणित हो जाता है। सारा सभागार तालियों की गड़गड़ाहट से गूँजने लगता है।

आज जून की 5 तारीख है। आज के दिन ही सन् 1873 में चार सौ दस भारतीय सूरीनाम की धरती पर 'लाला रूख' जलयान से उतरे थे। उसी की स्मृति में इस विशेष समारोह का आयोजन किया जा रहा है।

जुलूस की शक्ल में लोग सड़कों पर नाचते-गाते हुए आगे बढ़ रहे हैं विशुद्ध भारतीय परिधान में। लगता है, जैसे मथुरा-वृंदावन में यह समारोह आयोजित हो रहा है। महिलाएँ लाल बॉर्डर की पीली साड़ी पहने हैं। कुछ पुरुष भी भारतीयता के रंग में आकंठ डूबे हैं। सफेद पगड़ी, अँगरखा, गले में मालाएँ, माथे पर चंदन, हाथों में छोटे-छोटे ढोल-मँजीरे-झाँझ के सूरीनामी संस्करण। नृत्य की मुद्रा में गाते हुए एक-एक सधे कदम आगे बढ़ा रहे हैं—

कलकत्ता से आइल जहाज, पवनियाँ धीरे बहो।
नाना-नानी हैं बैठल हमार, पवनियाँ धीरे बहो।
सुरीनामी पहुँचल जहाज, पवनियाँ धीरे बहो।

हवा में तैरती पवनियाँ के प्रवाह की सुमधुर, करुण ध्वनि श्रोताओं को भाव-विह्वल कर देती है।

जुलूस का नेतृत्व करती सबसे आगे-आगे इक्यानबे वर्षीया कृशकाय वृद्धा इतवरिया रामदीन झुक-झुककर आगे बढ़ रही है, जर्जर देह काँप रही है, साथ नहीं दे पा रही है, फिर भी लड़खड़ाती हुई अपार उत्साह के साथ एक-एक कदम आगे बढ़ा रही है।

मुख्य मार्ग के पार्श्व में एक सड़क है, जिसके पूर्वी छोर पर दो आदमकद प्रतिमाएँ हैं—'माई-बाप' की।

'माई-बाप' के नाम से प्रख्यात ये प्रथम भारतीय युगल हैं, जो अब से

एक सौ तीस वर्ष पूर्व सूरीनाम की धरती पर उतरे थे—'लाला रूख' जहाज से।

गत सवा सौ सालों में इन पददलित, शोषित, प्रताड़ित गिरमिटिया श्रमिकों ने न जाने कितनी नारकीय यातनाएँ सही थीं, कितने दारुण दुःख झेले थे, जिनका वर्णन भी संभव नहीं। परंतु इतनी सारी यंत्रणाओं के बावजूद अपने अस्तित्व और अस्मिता को किस तरह बचाए रखा, उसकी साक्षी हैं ये मूक प्रतिमाएँ।

श्रद्धाभाव से वृद्धा इन मूर्तियों के आगे हाथ जोड़कर मूर्तिवत् खड़ी हो जाती हैं। फिर झुककर जमीन से थोड़ी सी मिट्टी उठाकर माथे पर लगाती हैं तो उनकी ही नहीं, सामने खड़े सैकड़ों दर्शकों की आँखें नम हो जाती हैं।

कुछ क्षण पश्चात् सूरीनाम के राष्ट्रपति रूनाल्डो वेनित्शियान आते हैं और श्रद्धा के साथ मूर्तियों को माल्यार्पण करते हैं।

लगता है, भारतवंशियों के सूरीनाम आगमन की एक सौ तीसवीं जयंती पर शांत भाव से सोया पारामारिबो शहर आँखें मलता हुआ धीरे-धीरे जाग रहा है। आज पूरे देश में सार्वजनिक अवकाश है। अभी-अभी यहाँ एक सड़क का नाम 'हिंदी पथ' रखा गया है। 'सूरीनाम हिंदी परिषद्' के नए भवन का उद्घाटन हुआ है और उसके परिसर में नीम के पौधे लगाए गए हैं।

सूरीनाम के पड़ोसी देश गुयाना यानी ब्रिटिश गुयाना और फ्रेंच गुयाना—में भी सूरीनाम की तरह पर्याप्त संख्या में आप्रवासी भारतीय रहते हैं। ब्रिटिश गुयाना की राष्ट्राध्यक्ष श्रीमती जैनेट जगन हैं। इससे पूर्व उनके पति डॉ. छेदी जगन थे, परंतु वहाँ के भारतीय मूल के लोग हिंदी के इतने निकट नहीं जितने कि सूरीनाम के।

लगभग सवा सौ साल पहले डच लोगों द्वारा यहाँ सबसे पहले पाठशाला श्रमिकों के लिए आरंभ की गई, जिसे 'कुली पाठशाला' के नाम से जाना जाता था।

मॉरीशस इस दृष्टि से सबसे आगे है। वहाँ प्रारंभिक पाठशालाओं में हिंदी पढ़ाई जाती है। हिंदी के महत्त्व को स्वीकार करते हुए उसे मान्यता

प्रदान की गई है। पत्र-पत्रिकाएँ भी वहाँ से प्रकाशित हो रही हैं। अनुमान है कि भारत के बाद वह पहला देश है, जहाँ हिंदी लेखकों की संख्या सबसे अधिक है।

त्रिनिदाद में भी 'विश्व हिंदी सम्मेलन' के पश्चात् वातावरण में बहुत सारे सार्थक परिवर्तन हुए हैं। हिंदी की पाठशालाएँ खुल रही हैं। लोगों को हिंदी के माध्यम से अपनी एक विशिष्ट पहचान मिल रही है, वहाँ रेडियो का एक चैनल चौबीसों घंटे हिंदी फिल्मों के गाने प्रसारित करता है।

ब्रिटेन तो हिंदी का दूसरा गढ़ बनने की तैयारी कर रहा है। लंदन, बर्मिंघम, मैनचेस्टर आदि स्थानों में हिंदी के कई रचनाकार हैं, जो लेखन के क्षेत्र में गंभीरता के साथ संलग्न हैं। एक सर्वेक्षण के अनुसार ब्रिटेन में अंग्रेजी के पश्चात् जो भाषा सबसे अधिक बोली या समझी जाती है, वह हिंदी यानी हिंदुस्तानी है।

सूरीनाम इस दिशा में गंभीरता के साथ क्रियाशील है। अन्य पड़ोसी देशों की अपेक्षा वहाँ हिंदी यानी सूरीनाम की हिंदी 'सरनामी हिंदी' बोलने वालों की संख्या पर्याप्त है।

हिंदी उपनिवेशवादियों, आक्रमणकारियों की नहीं, सौहार्द एवं स्नेह की भाषा है—आम जन की यानी जन-जन की, जिसके परिणामस्वरूप आज वह हिंदीभाषी क्षेत्रों तक ही सीमित न रहकर एक अरब की आबादी वाले इस राष्ट्र की राष्ट्रभाषा है। किसी-न-किसी रूप में संसार के करीब एक सौ बीस देशों में जानी जाती है।

यहाँ दिनांक 5 जून से 9 जून, 2003 तक आयोजित होने वाला यह 'सातवाँ हिंदी महाकुंभ' पिछले कुंभों की अपेक्षा अधिक सार्थक लग रहा है। हिंदी भाषाभाषियों में आज पहले की अपेक्षा अधिक आत्मविश्वास झलक रहा है। गत सत्ताईस वर्षों में इसकी स्थिति में अनेक परिवर्तन हुए। एक गुणात्मक बदलाव यह आया कि विश्व की भाषाओं में इसकी स्थिति अधिक सुदृढ़ हुई। इसकी उपेक्षा अब किसी भी रूप में संभव नहीं।

आज हिंदी किसी की मोहताज नहीं लग रही है। अगर उसे अब तक

राष्ट्र संघ में स्थान नहीं मिला तो यह राष्ट्र संघ का दुर्भाग्य है, अन्यथा आज हिंदी किसी भी अंतरराष्ट्रीय भाषा से किसी भी रूप में कम नहीं।

मैं देख रहा हूँ, विश्व के कोने-कोने से हिंदी के विद्वान् यहाँ अपनी उपस्थिति से समारोह की गरिमा बढ़ा रहे हैं—फ्रांस की विदुषी ऐनी मोंतो हैं, नेपाल से प्रो. गोप, उज्बेकिस्तान से प्रो. आजाद समातोव, फिजी से प्रो. सुब्रह्मणी, दक्षिण अफ्रीका से डॉ. बी. रामविलास, तजाकिस्तान से प्रो. एच. रजाकोव, पोलैंड से वार्सा यूनिवर्सिटी से प्रो. मारिया क्रिस्तोफ ब्रिस्की, डॉ. दातूना स्तासिक, हंगरी से डॉ. मारिया न्येज्यैशी आदि की पूरी एक शृंखला थी।

अनेक सत्र, अनेक विषय, अनेक चर्चाएँ-ही-चर्चाएँ। राष्ट्र संघ में हिंदी को किस तरह उचित स्थान मिले, पूरा एक सत्र इसके लिए समर्पित था। 'महात्मा गांधी अंतरराष्ट्रीय हिंदी विश्वविद्यालय, वर्धा' का भी जिक्र किया, मॉरीशस में बने 'विश्व हिंदी सचिवालय' का भी। संस्थाएँ प्रयत्न करने पर भी भली-भाँति चल क्यों नहीं पाती? यह भी चिंता एवं चिंतन का विषय रहा। वर्षों से अनुदान के रूप में लाखों की राशि जिन हिंदी संस्थानों को दी जा रही है, उनकी स्थिति आज कैसी है?

हमेशा की तरह अनेक महत्त्वपूर्ण प्रस्ताव सर्वसम्मति से पारित हुए, लेकिन इस प्रश्न पर विचार नहीं हुआ कि इन प्रस्तावों के कार्यान्वयन की दिशा में क्या होगा? पिछले सभी प्रस्ताव ठंडे बस्ते में पड़े हैं, क्यों उन पर गंभीरता के साथ कार्य नहीं हुए?

कुछ लोगों ने इस प्रश्न पर खेद प्रकट किया कि 'राष्ट्रभाषा प्रचार समिति, वर्धा' जिसके प्रयत्नों से सन् 1975 में 'विश्व हिंदी सम्मेलन' का शुभारंभ हुआ था, आज यहाँ उसकी सहभागिता क्यों नहीं है? लंदन में आयोजित समारोह में संस्था के अध्यक्ष श्री मधुकरराव चौधरी की भूमिका उल्लेखनीय रही थी।

जिस तरह से राष्ट्रध्वज सबका है, जिस तरह से राष्ट्रगीत सबका है, उसी तरह से राष्ट्रभाषा भी केवल हिंदीभाषियों तक सीमित नहीं रही। यह

संपूर्ण राष्ट्र की है। हर क्षेत्र, हर भाषाभाषी, हर विचारधारा के लोगों का उस पर समान रूप से अधिकार है।

दु:ख की बात है कि यह पारदर्शिता जिस रूप में होनी चाहिए थी, वह यहाँ नहीं दिख रही है।

सत्रों में सार्थक चर्चाओं के बावजूद जो कमियाँ, कमजोरियाँ आम भारतीय के जीवन में भारत में दिखती हैं, उनकी प्रतिच्छवि यहाँ भी प्रतिबिंबित हो रही है। पर यहाँ उसका नीर-क्षीर विवेचन न कर मुझे इस घटित होते इतिहास के भीतर एक और उभरता इतिहास दिख रहा है, जो आने वाले कल का है, जो भारत के भविष्य का ही एक दूसरा 'स्वरूप' है। हिंदी की सहज उदारता, हिंदी की सहिष्णुता, सबको सहेजकर साथ ले चलने की प्रवृत्ति उसे विश्व की भाषाओं के बीच एक विशिष्ट स्थान देने के लिए कृतसंकल्प है।

उसका वैज्ञानिक, वैश्विक आधार उसकी सबसे बड़ी ऊर्जा है। यह सौभाग्य न तो अंग्रेजी, फ्रेंच आदि को प्राप्त है और न चीनी, जापानी आदि भाषाओं को ही।

सात दिन का यह प्रवास 'सातवें विश्व हिंदी सम्मेलन' के लिए समर्पित रहा। बड़ी आकांक्षा थी। पारामारिबो के अतिरिक्त निकेरी, कोम्मेविजने, सारामाक्का आदि शहरों को देखने की, जहाँ भारतवंशी अधिक संख्या में रहते हैं; भारतवंशियों के गाँवों और घरों को देखने की; अमेजन नदी का चौड़ा पाट देखने की। कहा जाता है कि इसके एक किनारे से दूसरे किनारे तक की दूरी विमान से तय करनी होती है। चौंसठ जहाजों में कुल तैंतीस हजार पाँच सौ बहत्तर भारतीय आए थे यहाँ, आज वे सूरीनाम के नव-निर्माण में अपनी महत्त्वपूर्ण भूमिका का निर्वाह कर रहे हैं।

सूरीनाम ही नहीं, गुयाना, त्रिनिदाद, फिजी, न्यूजीलैंड, मॉरीशस, दक्षिण अफ्रीका, केन्या, जहाँ-जहाँ भारतवंशीय हैं, भारतीयता है।

पारामारिबो नगरी को छूती सरिता वर्षा और बाढ़ के कारण आज मटमैली दिख रही है। आकाश को छूते विशाल वृक्ष, हरी-भरी फूल से भरी

धरती, संसार में सबसे घने वनों की अंतहीन परिधि। उदार प्रवृत्ति ने कितना कुछ नहीं दिया इसे उपहार में।

मैं देख रहा हूँ—छलछलाती, कलकलाती सागर सी गहरी नदियों, वृक्षों, विस्तृत विशाल हरे-भरे मैदानों के साथ-साथ हिंदी की दूब भी पनप रही है—यत्र-तत्र-सर्वत्र। भारत से बाहर अनेक भारत—नाना रूपों-रंगों में उभरते दिख रहे हैं।

(सन् : 2003)

□

कोहिमा से आगे

अक्तूबर का महीना था। नगालैंड की पहाड़ियों पर यद्यपि बर्फ नहीं गिरती, किंतु सर्दी हिमालय की अपेक्षा कुछ कम नहीं होती। उस दिन भी ठंड बहुत अधिक थी। चारों ओर कुहासा था—घना कुहासा। हाथ को हाथ नहीं सूझता था।

दूर-दूर तक फैली हरी-नीली पहाड़ियाँ, लाल मिट्टी, कहीं-कहीं बिखरी बस्तियाँ, रात के अँधियारे में यहाँ का दृश्य कुछ दूसरा ही दिखलाई दे रहा था। घने अंधकार में आबादी का अनुमान बिजली के केवल टिमटिमाते बल्बों से ही लग पा रहा था।

सामने के पहाड़ की चोटी पर प्रकाश था। कोई बतलाते हैं—यही वह स्थल है जहाँ पादरी स्कॉट के साथ शांति वार्त्ता हुई थी।

कल शाम दीमापुर से यहाँ पहुँचे थे। यहाँ, यानी कोहिमा-नगालैंड की राजधानी।

दीमापुर नगालैंड के महत्त्वपूर्ण स्थानों में से है। कोहिमा के बाद सबसे बड़ी व्यापारिक मंडी है। रेलगाड़ी का अंतिम स्टेशन भी यहीं से आरंभ हो जाता है।

जीपों का काफिला दिन के दो बजे दीमापुर से चला था। रास्ते में हरे-भरे वन थे, धान के लहलहाते खेत, केले के ऊँचे-ऊँचे पेड़, बाँस की झाड़ियाँ। इतनी अधिक हरियाली कि जमीन कहीं दिखती न थी। सब जगह वृक्ष, ऊँची-ऊँची घास।

छल-छल कल-कल करती एक छोटी सी पहाड़ी नदी बह रही थी। बाँस की चटाई की दीवार वाले, छोटे-छोटे एक मंजिले लकड़ी के घर अब शुरू हो गए थे। कुछ नगा महिलाएँ पीठ पर लंबी सी टोकरियाँ बाँधे सड़क से नीचे उतर रही थीं।

दीमापुर से कोहिमा तक 74 किलोमीटर की दूरी तय करते-करते शाम के लगभग छह बज गए थे। शहर में जब पहुँचे तो बत्तियाँ जल चुकी थीं। गरम कपड़ों में लिपटे छोटे-छोटे बच्चे सड़कों पर खेल रहे थे। दूकानों में पुरुष ही नहीं, महिला दूकानदार भी दिखलाई दे रही थीं।

समुद्र तल से पाँच हजार फीट की ऊँचाई पर बसा यह नगर अनेक विशेषताएँ लिए हुए है। हस्तकला की वस्तुएँ यहाँ बहुत दिखलाई देती हैं। यहाँ पर कियु-ही के पौधे बहुतायत से पाए जाते हैं। इसलिए इस स्थान का नाम पड़ा है—किय-ही-मिया यानी कोहिमा। जिसका अर्थ है—कियु-ही के लोग, बाद में जिसे लोग कोहिमा कहने लगे।

रात यहाँ विश्राम करके प्रात: जुनेबोटो की ओर जाते हैं।

सुबह सूरज जल्दी निकल आया। अभी पाँच ही बजे थे कि धूप चमकने लगी थी, तैयार होते-होते भी आठ बज गए।

अब हम कोहिमा से उत्तर-पूर्व की दिशा में जा रहे थे। सड़क पक्की थी, सर्पाकार रास्तों से होती हुई हमारी जीपें पूरी गति से आगे बढ़ रही थीं।

रास्ते में मिथुन मिले। ये जंगली भैंस के आकार के पालतू पशु हैं, जिसके पास जितनी अधिक संख्या में मिथुन होते हैं, वह व्यक्ति उतना ही संपन्न माना जाता है।

नगा किसान टोली की शक्ल में खेतों की ओर जा रहे थे। औरत-मर्द, बच्चे-बूढ़े सब जोर-जोर से कोई गीत गा रहे थे। ऐसा लगता था, ये लोग खेतों पर काम करने नहीं, बल्कि कहीं मेले में जा रहे हैं—हँसते-गाते हुए।

येती नदी के किनारे-किनारे धान के हरे-भरे खेत दिखे। एक नगा शिकारी शरीर पर मात्र जाँघिया पहने, कंधे पर बंदूक रखे, नंगे पाँव पहाड़ पर

चढ़ रहा था। हमारी जीप का ड्राइवर भी नगा तरुण था। जो टूटी-फूटी हिंदी में बात कर लेता था।

लगभग साढ़े दस बजे हम लोग चौजुबा पहुँचे, यह छोटा सा कस्बा था। नगाओं की कुछ दूकानें। एक दूकान पर ताजी मछलियों का ढेर लगा था। छोटे बच्चे बाँस की लंबी टोकरियों में सामान लादे बाजार से होकर जा रहे थे।

यहाँ कुछ क्षण रुककर हम फिर आगे बढ़े, लगभग एक बजे सताका पहुँचे। यहाँ भी नगाओं की दूकानें थीं। सामने ही सताका गाँव दिखलाई दे रहा था। चारों ओर आबादी बहुत कम लगती थी, दूर-दूर छितरे गाँव। निर्जन वनों को पार करते हुए हम फिर आगे बढ़ रहे थे।

साँझ के धुँधलके में दूर पहाड़ी पर एक बस्ती चमक रही थी। पहाड़ी की चोटियों पर स्लेटी रंग के बादल तैर रहे थे। बगल में बैठे नगा सहयात्री ने बतलाया—यही है, जुनेबोटो। यह क्षेत्र बर्मा की सीमा से बहुत अधिक दूर नहीं है।

कुछ घाटियाँ, कुछ पहाड़ियाँ पार करके अंत में जब जुनेबोटो पहुँचे तो सूरज डूब रहा था। नगालैंड में एक विचित्र बात है, सुबह लगभग पाँच बजे सूरज उग आता है और शाम को पाँच बजे के आस-पास डूब जाता है। पूर्व में होने के कारण देश के अन्य भागों की अपेक्षा सुबह भी जल्दी होती है और शाम भी।

इस समय सर्दी बहुत अधिक थी। कुहरे के कारण आसपास के दृश्य स्पष्ट नहीं दिखलाई दे रहे थे।

बाजार में अँधियारा था, बिजली चली गई थी। इसलिए दूकानों में मिट्टी तेल के लैंप टिमटिमा रहे थे।

रात को नगाओं का नृत्य देखा। सिरों पर पंख बाँधे, हाथ में भाले लिए नगा पुरुष एक निश्चित गोल घेरे में नाच रहे थे।

एक ओर यह परंपरागत नृत्य चल रहा था, दूसरी ओर उन्हीं नगाओं के आधुनिक वातावरण में पले बच्चे गिटार लिए, किसी अंग्रेजी फिल्म की धुन के साथ, सिर मटका-मटकाकर, गा-नाच रहे थे।

नगा लोग योद्धा होते हैं। प्राय: हर व्यक्ति शिकार करना जानता है। बच्चे भी गुलेल या हवाई-बंदूक लिए जंगलों में शिकार की खोज में भटकते रहते हैं, इसी कारण इन घने वनों में हमें एक भी चिड़िया नहीं दिखी।

नगालैंड के निवासी स्वभाव से हँसमुख होते हैं। पूरे नगालैंड में जहाँ भी हम घूमे, एक भी चेहरा मायूस नहीं दिखा, औरत-मर्द, बच्चे-बूढ़े दिन-रात हँसते-गाते दिखलाई देते हैं। सारे भारत में केरल राज्य के बाद नगालैंड ही एक ऐसा राज्य है, जहाँ साक्षरता सबसे अधिक है।

नगा लोग परिश्रमी होते हैं, पूरे नगालैंड में हमें एक भी भिखारी नहीं दिखलाई दिया। भीख माँगना क्या होता है—यहाँ के निवासी नहीं जानते।

(सन् : 1983)

□

अनोखी धरती पर

हरे-भरे द्वीप, नीला जल, नीला आकाश। डेनमार्क की राजधानी कोपनहेगन से हम आगे उड़ रहे हैं—एक अनोखे देश की ओर, जहाँ छह महीने का दिन होता है, छह महीने की रात। सूरज दिन में ही नहीं, आधी रात को भी चमकता है।

विमान ओस्लो की ओर उड़ रहा है।

अब द्वीप नहीं हैं, धरती के छोटे-छोटे पैबंद दिख रहे हैं। समुद्र का रंग भी बदल रहा है, जमीन से जुड़ी हरियाली है, गहरी हरियाली।

विमान झुक रहा है। धीरे-धीरे, बहुत धीरे, धरती की ओर फिसल रहा है।

मैं खिड़की से नीचे झाँक रहा हूँ—

सागर के किनारे को छूता हवाई अड्डा है—ओस्लो का, यानी नॉर्वे की राजधानी का।

एक हलका सा झटका लगता है—पहियों का हवाई पट्टी की जमीन से टकराने का और फिर पट्टी पर मुक्त भाव से भागने लगता है, लड़खड़ाता हुआ।

हम सब एक-एक कर उतरते हैं।

इस समय रात के साढ़े दस बज रहे हैं, परंतु मेरे आश्चर्य का ठिकाना नहीं रहता, जब मैं चारों ओर चमकती धूप देखता हूँ।

पहाड़ों में जाड़ों की धूप ऐसी ही होती है। पीली, ठंडी, केवल उजाला है—तापहीन।

नॉर्वे उत्तरी ध्रुव प्रदेश से जुड़ा है न! अतः दिन और रात की यह विशेषता है।

साफ-सुथरी सड़कें हैं, यातायात हमारे देश की तरह नहीं। मोटर गाड़ियाँ फर्राटे से चलती हैं। सर्र से गाड़ियाँ हवा को छूती हुई निकल जाती हैं। लगता है, चल नहीं रही हैं, जमीन के ऊपर-ऊपर फिसल रही हैं नावों की तरह।

रास्ते की दूरी कम करने के लिए सुरंगें बनाई गई हैं पहाड़ों को छेदकर। पहाड़ के भीतर अँधेरा नहीं, जगमगाता उजाला रहता है, परीलोक जैसा नजारा।

बचपन में भूगोल मेरा सबसे प्रिय विषय था। एशिया, यूरोप का नक्शा बिना मानचित्र देखे मैं बना लिया करता था। स्कैंडेनेविया का नक्शा मुझे सबसे कलात्मक लगता था। मुँह-जबानी मुझे याद था—नॉर्वे की राजधानी ओस्लो!

आज उसी ओस्लो की ओर बढ़ रहा हूँ। कल्पना का एक शहर अपनी आँखों से देखने जा रहा हूँ।

दाएँ हाथ की ओर समुद्र है। 'ओस्लो-फीयोर्ड' कहते हैं इसे। एक सौ दस किलोमीटर लंबा, अपने में अनेक विशेषताएँ लिए।

देश के धुर दक्षिण में है यह। विदेशों में अधिकांश व्यापार यहीं से होता है। इसलिए नॉर्वेजियन इसे सागर-द्वार भी कहते हैं। बड़े-बड़े स्टीमर तैरते दिखलाई दे रहे हैं। रंग-बिरंगी पालदार नावें, छोटे-छोटे याट्स, रंग-ही-रंग।

सागर का यह 'रंग उत्सव' बहुत सुहावना लग रहा है। लग रहा है, जैसे किसी स्वप्न-देश की यात्रा कर रहे हों।

जिस तरह नीली, पीली, लाल, हरी नावें हैं, उसी तरह ताजे फूल के रंग वाली कारें भी।

हरी धरती, धुला आसमान, स्वच्छ सागर, उनके बीच ये रंग-बिरंगी गाड़ियाँ। ये चित्रकारी का अहसास जगाती हैं। किसी कुशल चितेरे ने कितने

रंग कुशलता से बिखेर दिए हैं, भला!

कबूतर के आकार के पक्षी, सीगल यानी सागर पाँखी, झुंड की शक्ल में उड़ रहे हैं। एक अजीब सी 'कोंई-कोंई' की आवाज! पंख फड़फड़ाने का स्वर।

पहाड़ियों की हलका सी ढलान। उसी पर चादर की तरह फैला है यह शहर। खूबसूरत मकान, जिनका निचला हिस्सा सीमेंट और पत्थर का होता है, शेष ऊपर का भाग लकड़ियों का। प्रायः सभी मकान इसी तरह के दिख रहे हैं।

हर घर के आस-पास बगीचा बनाने की सुंदर परंपरा है। हरी-हरी मुलायम दूब, रंग-रंग के फूल-पौधे, कहीं-कहीं चेरी, आड़ू, सेब के वृक्ष, क्यारियों में पालक, गोभी, सलाद के चौड़े-चौड़े हरे पत्ते!

सब कितना सुरुचिपूर्ण लग रहा है।

जो भी अतिथि आता है, पहले बाग-बगीचे को देखने का आनंद उठाता है। यह एक परंपरा जैसी है यहाँ की।

वह हर फल, हर पत्ती का जायजा लेता है, 'क्या अच्छी सब्जियाँ उगाई हैं! यह देखो, कितना सुंदर है, यह फूल! एकदम ताजा, सुर्ख···चेरी का तो जवाब नहीं। मीठी होंगी न, खूब मीठी।'

'खाकर देखिए!'

'वाह! मजा आ गया।'

सचमुच में पौधे उगाना बहुत कठिन काम है नॉर्वे में। ध्रुव प्रदेश से जुड़ा है न! इसलिए साल में छह महीने से अधिक बर्फ से ढका रहता है। तापमान शून्य से भी नीचे। कभी-कभी तो –30 –40 डिग्री कम चला जाता है, महीनों तक हिम-ही-हिम, सफेदी-ही-सफेदी, आँखें सफेदी के अलावा कुछ और देखने के लिए तरस उठती हैं।

इसलिए हर घर के भीतर हरी बेलें दिखती हैं, चौड़े पत्ते वाले पौधे। इतनी भीषण सर्दी में इन पौधों को जीवित रख पाना बड़ा कठिन होता है न!

इनका महत्त्व घोर सर्दी में रहने वाले लोग ही समझ सकते हैं। गुलाब की एक-एक कली चालीस-पचास रुपए से कम में क्या मिलेगी!

ज्यों ही बर्फ पिघलती है, लोग घरों के बाहर क्यारियाँ साफ करने लगते हैं और कुछ दिनों में उनमें से अंकुर झाँकने लगते हैं, ज्यों-ज्यों पौधे बड़े होते हैं, इनकी खुशियाँ भी खिलने लगती हैं।

अपनी मेहनत की उगाई सब्जी का स्वाद कैसा होता है, इसे नॉर्वेजियन से अधिक और कौन जानता होगा!

प्रवासी भारतीय भी कभी-कभी कहीं दिख जाते हैं ओस्लो में। इनकी संख्या 1600-1700 से अधिक क्या होगी। पर हाँ, प्रवासी पाकिस्तानियों की संख्या इनसे कहीं अधिक है, परंतु यहाँ के नॉर्वेजियन समाज में भारतीय बड़ी प्रतिष्ठा की निगाह से देखे जाते हैं, पश्चिमी दुनिया में भारतीयों का जितना सम्मान नॉर्वे में है, उतना शायद ही किसी अन्य देश में होगा।

सड़क पर एक बूढ़ा नॉर्वेजियन चल रहा है। चलते-चलते पूछता है, 'क्या आप पाकिस्तानी हैं?'

'नहीं-नहीं, भारतीय... !'

वह अजीब सा मुँह बनाता है, 'कमबख्त हर पाकिस्तानी यही कहता है कि भारतीय हूँ।'

शाम को एक मित्र भोजन के लिए आमंत्रित करते हैं, भारतीय मूल के हैं। 20-25 साल से नॉर्वे के निवासी हैं।

विदेशों में हमारे लिए भोजन की समस्या रहती है। हम भारतीय मसाले वाला गरम खाना पसंद करते हैं, किंतु नॉर्वे का हिसाब कुछ दूसरा ही लगता है। यहाँ अधिकतर ठंडा खाने का रिवाज है। दूध भी ठंडा, डबल रोटी, कच्चा मांस, प्राय: सबकुछ कच्चा, ठंडा।

हाँ, पनीर तरह-तरह का होता है यहाँ। मक्खन भी खूब। दही भी दूध की तरह कागज की चौकोर बोतलों में बिकता है, जिन्हें बोतल के मुकाबले में डिब्बा कहना अधिक उचित रहेगा।

उन्हीं में मुँह लगाकर लोग पानी की तरह गटक जाते हैं।

यहाँ हर कार्य वैज्ञानिक ढंग से होता है।

दूध भी मशीन से साफ किया जाता है। दूध में पानी भी मिलाया जाता है, ये लोग नहीं जानते। शरीर पर मोटापा न बढ़े, इसलिए मक्खन निकाला दूध ही अधिक पिया जाता है।

गायों का देश है नॉर्वे।

विशालकाय मोटी-मोटी गाएँ, सीधी-सादी। बिना सींगोंवाली, एक-एक बार में पंद्रह-बीस किलो दूध देना आम बात है। दूध निकालना, चारा काटना, सारे काम मशीन से होते हैं। किसानों का खर्चा अधिक आ जाता है। इसलिए सरकार महँगे भाव पर दूध खरीदती है और सस्ते भाव पर आम लोगों को बेचती है।

सैलानी भारतीयों की रुचि यहाँ के निवासियों की रुचि से कुछ भिन्न होती है, इसलिए उन्हें अपने घर के जैसे भुने, तले, मसाले वाले गरम खाने की तलाश रहती है। चावल, रोटी मिले तो क्या कहने!

अत: कभी कोई भारतीय मित्र भोजन के लिए आमंत्रित करता है तो मना नहीं कर पाता हूँ।

मित्र के घर जाता हूँ। यानी कहिए कि मित्र स्वयं आकर मुझे घर ले जाते हैं।

'मोल्ले फास्ट' नामक एक अच्छी बस्ती में मकान है। अपना मकान, नॉर्वेजियनों के बीच में अकेले भारतीय।

जापानी कार है, वातानुकूलित।

रहन-सहन किसी भी नॉर्वेजियन से कम नहीं।

कारों को रखने का गैरेज जमीन के अंदर है, जैसे ही कार में बैठे-बैठे गैरेज के बंद दरवाजे के पास पहुँचते हैं, गैरेज का लोहे का द्वार खुल जा सिम-सिम की तरह खुल जाता है।

मैं देख रहा हूँ, अपनी जेब से उन्होंने कोई यंत्र बाहर निकाला था।

कार को आराम करने के लिए वहीं छोड़कर हम बाहर आते हैं तो फिर 'बंद हो जा सिम-सिम' की तरह अपने आप द्वार बंद हो जाता है।

है न चमत्कार!

बाहर खेलने के मैदान में बहुत से कीमती खिलौने यों ही पड़े हैं। वे अपने बच्चों के खिलौने दूर से ही पहचान जाते हैं, अभी कुछ ही दिन पहले वे जर्मनी से खरीदकर लाए थे।

'खेलने के बाद बच्चे खिलौने घर क्यों नहीं ले जाते? क्या यहाँ चोरी होने का डर नहीं··?' मैं अभी कह ही रहा था कि वे जोर से हँस पड़ते हैं, 'यहाँ कोई किसी की चीज उठाता नहीं, इसलिए सब इसी तरह पड़ा रहता है···।'

उनका घर वैसे ही सजा है, जैसे नॉर्वेजियनों के घर सजे रहते हैं। यह गरमी का मौसम है, उन्होंने सैकड़ों क्रोनर (नॉर्वे के रुपए को क्रोनर कहते हैं) खर्च करके बाहर पीले, लाल, गुलाबी फूल गमलों में उगाए हैं।

बरामदे के बाद जहाँ से कमरा शुरू होता है, वहीं से फर्श पर बिछा कालीन भी शुरू हो जाता है। वह सीढ़ियों से होता हुआ, ऊपर की मंजिल तक चला जाता है। रसोई के अलावा सब जगह कालीन हैं, नहाने-धोने के कमरे में भी।

इस मकान का भी पूरा ऊपरी हिस्सा लकड़ी का है। भयंकर शीत में भी घर को गरम रखने की पूरी व्यवस्था है। इसलिए बारह महीनों तक बर्फ पड़ी रहे, इनकी बला से!

अरसे बाद घर का जैसा भोजन मिला है। दाल है, रोटी है, चावल है, अचार है, पापड़ है।

हिंदी में बात करना भी बड़ा अच्छा लग रहा है। कुछ क्षणों के लिए लगता ही नहीं कि हम कहीं परदेस में हैं, भारत में होने का भ्रम पैदा होता है।

मित्र का परिवार वर्षों पहले दिल्ली का ही निवासी था, साधारण सी नौकरी थी। दो-तीन कमरे का घर, यहाँ नॉर्वे में इतना बड़ा बँगलानुमा मकान

है। कार है, सारी सुख-सुविधाएँ हैं, इसलिए सबकी आकृतियों में एक तरह का संतोष का भाव दिख रहा है। कठोर श्रम के बाद सफलता का आह्लाद।

नन्ही बच्ची भोजन के बाद चुपचाप उठती है, फ्रिज में से भुट्टा उठाकर लाती है।

'आप भुट्टा खाना पसंद करेंगे?' बड़ी ही आत्मीयता से पूछती है।

नॉर्वे में भुट्टा!

मैं पॉलिथिन के आवरण में लिपटे भुट्टे को देखता हूँ। हलका पीला, नन्हा सा, बिना मूँछोंवाला।

इसमें एक छोटा सा गोल स्टिकर लगा है। लिखा है—जंजीबार, अफ्रीका।

'कितने का है?' पूछता हूँ।

मित्र उत्तर देते हैं, 'चौदह क्रोनर!'

यानी इक्कीस रुपए।

'यहाँ हर चीज महँगी मिलती है। भारत के मुकाबले तो और भी अधिक।'

फ्रिज में से वे लगभग आधा किलो वजन का छोटा सा कद्दू लाते हैं। उस पर भी पॉलिथिन लिपटा है, ताकि सूखे नहीं। लाल रंग का एक स्टिकर इसमें भी लगा है, यह भी अफ्रीका से आया है।

'कितने का है?'

'साठ क्रोनर का।'

एक शिमला मिर्च 25-30 रुपए की, मुझे याद आता है—

कल मैं टैक्सी से बाजार जा रहा था। टैक्सी का मीटर सफर की दूरी के हिसाब से नहीं, बल्कि समय के हिसाब से चल रहा था—मिनट, सेकंड के गणित से।

कॉफी का एक प्याला पंद्रह रुपए में।

'यहाँ इतनी महँगाई क्यों है?' पूछता हूँ।

'आमदनी भी इसी अनुपात में ज्यादा है, जहाँ एक घंटे की मजदूरी सौ-डेढ़ सौ क्रोनर हो। वहाँ वस्तुओं की कीमत अधिक भी हो तो आश्चर्य नहीं?' वे उत्तर देते हैं।

हम भारतीय रुपए के हिसाब से सारी वस्तुओं का हिसाब लगाते हैं, इसलिए कुछ भी खरीद पाना कठिन हो जाता है, गले के नीचे कुछ उतरता ही नहीं।

भोजन के पश्चात् बाहर आते हैं।

रात के ग्यारह बज रहे हैं।

पर अभी भी धूप है, उजाला है। हाँ, सड़कों पर चहल-पहल नहीं। सन्नाटा है। इसी सन्नाटे से लगता है कि यह रात है। नहीं तो दिन और रात में कहीं कोई अंतर नहीं।

मैं देखता हूँ—

लोग अपने-अपने घरों में सो रहे हैं। उजाले में सोना कुछ कठिन रहता है, इसलिए खिड़कियों पर मोटे-मोटे दोहरे परदे हैं।

नॉर्वेजियन प्राय: समय पर ही सो जाते हैं, परंतु भारतीय या पाकिस्तानी या अफ्रीकी रात को भोजन देर से लेते हैं और देर तक जागते रहते हैं, जब तक अँधेरा न हो चारों ओर, उन्हें लगता ही नहीं कि रात है।

रात का भोजन नॉर्वेजियन लोग प्राय: शाम को छह सात बजे तक हर हालत में ले लेते हैं, इसलिए सारे रेस्तराँ छह बजे तक बंद हो जाते हैं।

शाम होते ही बाजार बंद दिखते हैं, सड़कों पर इक्का-दुक्का आदमी। लगता है, कहीं भटककर न आ गया हो।

सड़कें भी सूनी-सूनी। हाँ, पार्कों में अवश्य कुछ लोग चहल-कदमी करते दिखते हैं। समुद्र में बहुत सी नावें तैरती दिखती हैं। आधुनिकतम सुविधाओं वाले बड़े-बड़े स्टीमर फीयोर्ड को पार करते हुए। यूरोपीय देशों से आते हुए या कोपनहेगन, हैंबर्ग या इंग्लैंड, जर्मनी की ओर जाते हुए।

जहाजरानी के क्षेत्र में नॉर्वे का अपना विशेष स्थान है, संसार के देशों

में अग्रणी। यहाँ बने सुंदर, सुदृढ़ जहाजों को देखने भर से अनुमान लगाया जा सकता है कि इस दिशा में नॉर्वे कहाँ तक आगे बढ़ गया है।

मुझे याद आता है—

हमारे देश ने भी दक्षिणी ध्रुव प्रदेश-अभियान में भाग लिया है। कई बार हमारे वैज्ञानिक वहाँ की सफलतापूर्वक यात्रा कर चुके हैं। इस काम के लिए जिस सुविधापूर्ण आधुनिकतम जहाज का उपयोग होता है, वह नॉर्वे में ही बना है।

(सन् : 1985)

□□□